박종삼 장편소설

여성흡연
개혁연합

담배연기도 신분이 있다

MAGIC HOUSE
마 법 의 책 공 장

여성흡연
개혁연합

초판 1쇄 인쇄 2018년 11월 20일
초판 1쇄 발행 2018년 11월 27일

지 은 이 박종삼
디 자 인 김민성
펴 낸 이 백승대
펴 낸 곳 매직하우스

출판등록 2007년 9월 27일 제313-2007-000193
주   소 서울시 마포구 월드컵북로38가길 14, 201호(중동, 효성빌라)
전   화 02) 323-8921
팩   스 02) 323-8920
이 메 일 magicsina@naver.com
I S B N 978-89-93342-80-2

책값은 표지 뒤쪽에 있습니다.
파본은 본사와 구입하신 서점에서 교환해드립니다.

박종삼 장편소설

여성흡연
개혁연합

Magic House
마 법 의 책 공 장

목 차

제1부 · 구갈공원 첫 대전

　담배연기에도 신분이 있다. 담배연기는 그저 안개처럼 구름처럼 공중으로 날아간다. 그렇게 어디론가 사라져버리면 다시 돌아오지 않는다. 이 세상의 수많은 흡연자의 입에 의하여 또 그렇게 반복된다. 그저 안개처럼 구름처럼 공중으로 날아가 어디론가 사라져버리는 연기인데, 돌아오지 못하는 아무것도 아닌 허무인데도, 그것에 우리는 신분을 설정해 놓았다.

　그 신분은 연기에 의해서 정해지진 않았다. 철저히 인간에 의해서 연기에 계급이 생겼다. 나아가 신분을 형성하여 높은 신분의 연기는 낮은 신분의 연기를 눌러 버린다. 그만큼 형편없다고 생각하며 무시하고 깔본다.

　연기가 연기를 무시한다.

　왜 그럴까? 그것은 인간의 마음이 편협하고 이기적이고 고약하기 때문이다. 그렇다고 담배연기를 옹호하고 싶진 않다. 여러 가지 환경오염을 야기하고, 인간의 인체에 치명적인 손상을 일으킨다. 그런데 이런 문제는 차치하고, 왜 인간은 담배연기에 신분을 만든 것일까? 그것은 그만큼 인간은 인간을 업신여기며 짓밟고 싶어 하는 사악한 본능이 있기 때문이다.

구체적으로 나열해 보면, 남자가 피우는 담배연기는 지극히 정당한 연기이다. 그러나 여자가 피우는 담배연기는 매우 부당한 연기이다. 남자들이 피우는 담배연기는 높은 신분이고, 여자들이 피우는 담배연기에는 낮은 신분을 매겨 놓았다. 그래서 이런 전자들의 세뇌 압박으로 말미암아 후자들은 열린 공간에서 제대로 마음 편히 담배연기를 내뿜지 못한다.

사람들의 시선이 머무르지 않는 곳으로 숨어들어 마치 무슨 죄라도 짓는 양, 죄인처럼 숨어서 벌벌 떨며 담배를 피운다. 남자들에게 걸리지 않으려고 조심조심하면서 말이다.

남자 흡연자는 수사반장이고, 여자 흡연자는 죄인이다. 그래서 안타깝다. 같은 입에서 나와 공중으로 분해될 똑같은 연기인데 누구의 연기는 당당하고 누구의 연기는 불안, 노심초사가 되어버렸다. 이 원인은 무엇인가?

모든 원인의 책임은 일단 남성독선주의로 나타난 그것이기에 남자에게 가장 많고, 그 다음으로 여성들의 무사안일한 대응으로 그렇게 관습화 되어버렸기에 일정 부분 여성에게 있다고 본다.

　더 기막힌 건, 같은 여성인데도 남성의 담배연기는 정당하다 여겨주고 여성의 담배연기를 깔보는 사례도 적지 않은 게 현실이다. 남자들이 만들어놓은 그들만의 규율에 편승해 버리겠다는 얄팍한 여자들도 무척 많다. 이러니 끝까지 담배연기도 신분이 형성되어 빠져나오질 못하고 이상한 굴레 속에서 허덕이고 있다.

　이것을 타파하기 위해선 별 방법이 없다. 스스로 이런 현상에 대해 억울하다고, 부당하다고 생각하는 이들 각자가 알아서 맞서라! 당신이 여성으로 태어난 게 죄라고 생각한다면 그저 숨죽이고 있어도 된다. 그러나 당신이 여자로 태어난 게 죄가 아니라고 생각하면서도 그저 그렇게 숨죽이고 있다면 자기 인생에 책임감이 결여되어 있는 무척 속된 인간인지도 모른다.

　홀로 건물 뒤에서 숨어 담배를 피우며 이 사회를 원망하지 마라. 죽기 살기로 맞서라! 선입견과 고정관념의 비열한 악습에 맞서 대혈투를 펼치란 거다. 건물 뒤에서 주접떨지 말고 건물 앞으로 나와라, 큰 도로에서 맞장을 뜨며 하늘 높이 담배연기를 내뿜어라, 그리하여 이 세상에 명실상부한 진정한 남녀평등 문화가 하루속히 자리 잡기를 기원하면서 이 글을 써내려가겠다.

　기흥구청 옆, 한 공원이 있다. 운동기구들도 잘 구비되어 있어

남녀노소가 누구나 즐겨 찾는다. 공원이다 보니 군데군데 벤치에 앉거나 서서 담배를 피우는 이들도 무척 많다. 물론 이곳은 금연구역이다. 하지만 흡연자들은 알 것이다. 금연구역만큼 담배 피기 좋은 곳이 없다는 것을.

그런데 남자 흡연자든 남자 비흡연자든 여자 흡연자들을 비난하는 이들이 너무너무 많다. 심지어 여자 비흡연자들도 여자 흡연자들을 비난하는 데 조금의 망설임이 없다. 반면 아이러니하게도 여자 비흡연자들은 남자 흡연자들을 비난하지 않는다. 결국 여자 흡연자의 마음을 조금이라도 알아주는 이는 같은 여자 흡연자들밖에 없다. 그러나 같은 여자 흡연자들인데도 여자가 보란 듯이 대놓고 피우는 것에 대해선 옳지 않다는 생각도 한다.

오랫동안 이들을 관찰하고 끝까지 이들의 심리를 분석한 결과, 남녀를 가리지 않고 비흡연자든 흡연자든 여자의 흡연에 대해 몹시 못마땅하게 여기고 있다는 결론에 이르렀다. 즉, 약자가 약자를 무시하는 비슷한 심리가 작용하고 있다는 것이다.

너무너무 풀기 힘든 난제가 아닐 수 없다. 하지만 이 글이 조금이나마 억울하고 힘들고 괴로움에 빠져 세상을 살아가는 여자 흡연자이자 약자들에게 위로가 될 수 있다면 더 바랄 게 없다. 본격적으로 이야기를 풀어내고자 한다.

기흥구청 옆, 그 공원엔 다양한 많은 이들이 모여 얘기도 나누고 담배를 피우기도 하고 기구를 가지고 운동도 하고 농구장에

선 농구도 하고 베드민턴 등을 하고 있다. 때는 2016년 1월이었다. 1월은 원래 춥다. 그러나 곧 다가올 따뜻한 봄날을 위해 잔뜩 준비를 하는 시기이기도 한다.

주말이라 많은 이들이 모여 있었는데 담배를 피우는 남녀노소가 여기저기 나타났다. 그런데 남자 흡연자들이 저만치 떨어져서 흡연을 하고 있는 여자 흡연자들에 대해 손가락질을 해대기 시작했다.

"어휴, 저런 시발 년들 좀 봐라! 저게 지금 뭐하는 짓이야, 에이씨. 퉤 퉤 퉤."

"그래요. 저런 년들 때문에 대한민국이 이 모양 이 꼴이지요. 아이씨, 정말 짜증납니다. 저것들 부모도 저런 것들 낳아 놓고 좋다고 미역국 끓여 먹었겠지요. 참⋯."

지금 이 순간, 둘이서 집중적으로 흉을 본 이들은 이 동네, 구갈동에 사는 남자들이다. 한 남자는 함혁수로 52세, 다른 한 남자는 전동찬 54세이다. 이들은 유난히 여성 흡연에 대해 불만이 많다. 사실 이런 문제가 어디 이 두 남자만의 문제이겠는가. 아마 대한민국 남성들 거의 대부분의 아집과 편견일 것이다.

어쨌든 이 두 남자는 지금 기흥구청 옆 구갈공원에 앉아 담배를 피워가며 담배를 피우고 있는 여성들에게 안 들릴 정도의 낮은 소리로 욕을 하고 있다.

"계집애들이 저렇게 길에서 담배를 피워대니 나라가 개판이 되어버리지! 안 그래요, 전 형?"

"그렇지 시발 에잇, 퉤 퉤 퉤."

화가 치밀어 오른 두 남자는 결국 어디 가서 소주라도 한잔 하자는 제의를 했다.

"형, 저런 계집들이 담배연기나 팍팍 뿜어대는 개 같은 꼴 때문에 스트레스 엄청 받는데, 우리 어디 가서 소주나 한잔해요."

"알았다, 혁수야. 담배 있으면 한 대 줘봐. 한 대만 더 피우고 저기 보이는 갈빗집으로 가자…. 한 대 줘봐."

"여기 있어요, 형."

전동찬은 모처럼 주말을 맞아 구갈공원에 와서 운동도 하고 편하게 쉬러 왔다가 여자들이 담배를 피우는 모습에 심한 충격을 받고 격분이 포화되어 담배를 한 대 더 피운다. 담배를 피워가며 분을 조금씩 조금씩 삭이고 삭인다. 담배를 다 피우자 꽁초를 바닥에 확 버리고 혁수와 함께 갈빗집으로 들어간다.

전동찬, 함혁수는 갈비를 시켜 놓고 소주를 막 들이부었다. 방금 전, 구갈공원에서 여자들이 담배피우는 모습에 이들은 심할 정도로 짜증이 나버린 것이다. 아무튼 이 두 남자는 세상에서 할 일이 무척 없는 놈들인 건 틀림없는 것 같다. 남이야 담배를 피우든 말든 왜 그걸 보고 스트레스를 받는단 말인가. 남자들이 공원에서 담배피우는 건 아무렇지도 않게 생각하면서.

"한 잔 해요, 형. 말이야, 이 사회는 정의고 뭐고 없다니까…

안 그래요?"

"그래, 맞아! 저런 계집애들은 확 그냥 중범죄로 집어넣어 버려야 되는데."

쨍그랑 쨍그랑 쨍그랑!

함혁수와 전동찬은 몇 병의 술병이 빌 때까지 구갈공원에서 본 담배피우는 여자들에 대한 성토와 울분을 토로하고 나서 인근 노래방으로 2차를 갔다. 이들은 노래방에 들어가자마자 노래 도우미를 불렀다. 방에 들어온 도우미들은 노래를 부르다가 중간 중간 담배를 피워댔다. 그런데 그 부분에 대해선 특별히 스트레스도 안 받고 짜증도 내지 않았다.

참으로 아이러니하다. 모르는 여자들이 공원에서 담배 피우는 것엔 분노하면서 도우미들이 피우는 것엔 무덤덤하니 말이다. 혹, 이 도우미들은 자신들에게 기쁨을 안겨주는 대상들이기에 너그러워지는 건가?

그건 그거고 도우미 두 명과 신나게 논 이들은 3차로 모텔로 갔다. 그리고 빨간색 장미꽃을 검정색 장미꽃으로 아주 검붉게 물들이는 뜨거운 밤을 보냈다.

이들은 내일 일요일 구갈공원으로 갈지 안 갈지는 모른다. 가게 되면 또 그런 문제로 짜증을 내고 스트레스를 받을 것이다. 공원이라는 곳은 남녀노소가 각자 알아서 휴식을 취하는 곳이기에 남들에게 특별히 피해만 주지 않으면 된다. 그런데 이 남자

둘은 유난히 여성 흡연에 민감해 하니 공원에 나가게 되면 신상이 복잡해질 수밖에 없으리라!

다음날 오후가 되자 답답해진 남자 둘은 또 그 공원으로 나갔다. 운동도 할 겸해서. 시간은 오후 1시가 됐다. 이들은 어제 그 자리에서 담배를 피우던 여자들이 또 왔는지 예의주시를 했다. 여기저기 좀 자세히 주변을 두리번거리자 어제 그 자리에서 담배를 피우던 그 여자들과 새로이 추가된 여자들이 다른 곳에 있는 걸 발견했다. 모두 담배를 피우면서 말이다.

그 장면을 보자마자 두 남자의 표정은 순식간에 어두워졌다. 그리고 어제처럼 그 여자들에게 들리지 않을 낮은 목소리로 심한 욕을 속사포처럼 뿜어냈다.

"어휴, 저 시발 것들 또 왔네, 어제는 네 명에서 그러더니 오늘은 세 명이 더 왔어. 7인의 사무라이도 아니고, 7인조 흡연 미친년들이네!"

"형님, 우리가 그냥 다른 데로 가버릴까요? 어떻게 저런 광란의 모습을 보고 있을 수 있겠습니까?"

"그건 그렇지만…, 이 공원은 우리의 아지트 아니냐. 이렇게 아름다운 공원에 와서 운동도 하고 날씨가 따뜻해지면 소주도 한잔하고 시원하게 담배도 한 대 딱 피우고…. 또 우리 마누라도 데리고 나와서 벤치에 앉아 몸을 여기저기 꼬집어 주기도 하고 너무 좋잖아! 우리 구갈동에 이런 멋진 구갈공원이 있는 게 축복인데 저런 계집들이 저렇게 담배연기를 뿜어대니 원 더럽고 치사해서 살 길이 없네. 에이 시발, 퉤 퉤 퉤."

오늘도 두 남자는 또 여자들의 담배연기를 보고 심한 불만과 불쾌감을 드러냈다. 그러나 그쪽으로 쳐들어가 단호하게 경고를 내리진 못한다. 그 점은 무척 망설여진다.

"아이, 저 년들에게 쳐들어가 담배 피우지 말라고 하고 싶은데… 그러기도 좀 그렇고… 조금 그러네!"

"그건 좀 그렇죠, 형님."

여자들의 가시 같은 연기가 계속 공중으로 날아오르자, 격분이 포화된 두 남자는 더 이상 참지 못하고 다른 장소로 가버리기로 했다.

"야, 그냥 다른 데로 가자, 저런 더러운 꼴 더 이상은 못 보겠다."

"그럽시다, 형님."

두 남자는 이를 갈며 공원을 빠져나가 어디론가 가버렸다. 그럼 두 남자가 빠져나간 후에도 계속 구갈공원에 남아서 담배를 피우고 있는 여자 일곱 명에 대해 소개해 보겠다.

1. 전희나 27세, 무역회사 직원.

2. 김소희 27세, 대법원 직원.

3. 공채란 27세, 감사원 직원.

4. 이호수 30세, 강촌대학교 경찰행정학과 교수.

5. 최은지 30세, 강초대학교 의류학과 교수.

6. 조배희 30세, 무직.

7. 선동희 35세, 청렴맑은당 당원. 미래의 꿈은 국회의원.

이들 중 선동희가 가장 나이가 많아 우두머리이다. 7인조 흡연동아리라고 해야 할까. 그녀들은 현재 인원이 무척 적다고 생각하며 앞으로 자신들처럼 흡연하는 여성들을 더 많이 늘리려는 야심찬 계획을 가지고 있다.

"나 담배가 다 떨어졌어. 한 대 더 줘봐, 난, 한 번 피우기 시작하면 끝장을 봐야 속이 후련하거든! 히히히."

"언니, 내가 줄 수는 있지만 너무 그렇게 막 피우면 몸에 해로워!"

"야, 내가 저번에 말했지. 언니라고 부르지 말고 국회의원님이라고 부르라고!"

"아이, 언니는 청렴맑은당에 가입만 한 거지, 국회의원이 된 것도 아니잖아, 그리고 만약에 그렇게 된다 해도 우리 사이에 그런 호칭은 좀 썰렁하잖아! 안 그래, 언니?"

조배희가 끝까지 하라는 대로 하지 않자 동희의 기분이 나빠졌다. 동희는 명예의식이 무척 강하고 자존심 또한 하늘을 두 쪽낼 정도로 높다. 그녀가 가장 듣고 싶어 하는 호칭은 바로 국회의원님이다. 그런데 후배인 배희가 말을 안 듣고 꼬박꼬박 언니라고 부르는 것에 짜증이 났다.

"야, 너 내 말 안 들어? 내가 청렴맑은당으로 공천 받아가지고 나온다고 했잖아, 야, 좀 더 일찍 그렇게 좀 불러주면 안되겠니?"

"네, 네, 알겠습니다. 우리 선동희 국회의원님, 여기 담배 한 대 더 있습니다. 여기 불도 있고요. 하하하."

"진작 그랬어야지, 시발 년아."

이렇듯, 우두머리인 동희는 말이 무척 거칠고 권위의식도 어마어마하다. 또 자신이 세상 모든 남자들에게 눌릴 이유가 전혀 없다고 생각한다. 그녀는 자신이 여성으로 태어난 것에 무한한 긍지와 자부심을 갖고 있다. 그러니 흡연하는 여성들을 더 늘리려고 하고, 당당히 밖에서 피우는 것을 강력히 주장한다.

자신이 청렴맑은당에 가입한 것도, 앞으로 국회의원 선거에 출마하려는 이유도 여성 흡연자들의 차별금지와 인권보호를 위한 법안을 제출하기 위해서이다. 이를테면 '여성들의 흡연을 이상하게 쳐다보지 않기 운동 캠페인' 뭐, 이런 운동 겸, 법안이다. 만약 그럴 시, 이상하게 쳐다보는 자가 있으면 그러지 말라고 경고조치를 할 수 있는 특별형법을 제정하는 것이 핵심이다. 불응시, 관계기관에 신고하면 이상하게 쳐다본 자는 경범죄로 처벌받는 것을 골자로 한다.

만약 동희가 국회의원이 되더라도 과연 그런 법안이 통과될 수 있을까? 역차별이란 반발이 나올 것이고, 황당하단 반응도 나올 것이다. 이런 사안은 법이 아니라 대한민국 남성들의 썩어 빠진 영혼을 개조해나가는 것이 핵심이다.

아무튼 그녀의 성격은 이렇듯 불같다. 그런데 아까 공원에서 자신들을 힐끔거리다 사라진 두 남자들이 찜찜하다. 뭔가 거센 공격이 있을 것 같은 불길한 예감도 든다. 한 겨울 주말의 구갈 공원엔 심상치 않은 분위기가 감돌았다.

다시 한 주의 시작을 알리는 월요일이 찾아왔다. 두 남자는 상 하동에서 함께 인테리어업체를 하고 있다. 일이 시작됐지만 마음속엔 자신들의 아지트에 여자들이 몰려와 담배연기를 내뿜을 것에 신경이 날카로워져 있다. 그래서 일이 손에 잡히지 않을 정 도이니 무척 한심한 놈들이다.

일이 손에 잡히질 않아도 어쩌겠는가! 먹고 살려면 열심히 일을 해야지. 일을 하다 보니 어느새 해가 지고 집으로 돌아갈 시 간이 되었다. 혁수는 2016년 새해를 맞이하여 회포를 풀어볼 생각으로 수원에 사는 친구에게 전화를 걸었다.

"인철아, 새해도 됐으니 오늘 소주 한잔하자. 시간되면 여기 구갈공원 옆, 구가갈비 집으로 와라. 내가 쏠 테니까 재현이 홍철이 유선이 광태도 데리고 와. 7시까지다."

"그래, 알았다. 그래도 혁수밖에 없구나, 새해라고 소주 산다고 하는 놈은 말이야, 하하하하."

"얼른 와."

"알았어."

전화를 받은 인철과 재현, 홍철, 유선, 광태도 모두 죽마고우 같은 친구이다. 이들도 모두 인테리어 일을 하고 있다. 인철, 재현, 홍철, 유선, 광태는 수원에서 일을 하고 있다. 거리도 그리 멀지 않아 모두 빨리 모였다. 7시에 구갈공원 옆, 구가갈비 집에서 7명의 만남이 이뤄졌다.

구가갈비 집은 구갈공원 바로 길 건너에 위치하고 있어 공원 전체가 훤히 다 들여다보인다. 혁수는 오늘도 담배 피우는 여자들이 오지 않았을까 해서 공원을 이리저리 훑어본다.

"아이씨, 이것들이 또 온 거 아냐?"

"혁수야, 술 먹으러 와서 왜 자꾸 밖을 두리번거려? 예쁜 아가씨라도 지나가나?"

"하하하하."

동찬도 밖을 이리저리 훑어보았다.

"동찬이 형, 술을 먹으러 와서 왜 자꾸 밖을 보는데?"

"야, 가만히 있어봐."

전동찬, 함혁수는 주말 내내 그 여자들 때문에 스트레스를 받았던 터라 혹시 오늘도 왔는지 불안한 마음으로 찾아보는 건데, 혁수 친구 5명은 이런 사실을 모르기에 의아할 뿐이다.

두 남자가 매의 눈으로 공원을 수색해본 결과, 그 여자들이 어제 그 자리에서 또 담배를 피우는 걸 발견했다. 그 꼴을 본 순간

두 남자의 얼굴은 굳어져버린다. 화가 치밀어 오른 둘은 소주를 소주잔이 아닌 물 컵에 콸콸 따랐다.

"기분 더럽다, 더러워."

"형, 왜 그래? 천천히 마셔…. 내가 따라줄게."

동찬은 물 컵에 따른 술을 단숨에 들이키자마자 인철이 따라준 술도 그대로 목구멍에 들이부었다.

"형, 왜 그러는데…? 오늘 무슨 일 있어?"

"혁수야, 니가 내 대신 얘기해라. 어이구."

동찬은 격분이 포화되어 말을 잇지 못하고 소주만 들이켰다. 동찬의 명령을 받은 혁수는 동찬이 저러는 이유를 말하기 시작했다.

"참, 우리 동찬이 형이 얼마나 분했으면 직접 말을 못하고 나보고 넘기겠어. 그럼 내가 말할 테니, 잘 들어봐."

"어서 말해봐, 혁수야."

"형하고 나하고 주말에 이 공원에서 쉬고 있는데 웬 여자들이 벤치에 앉아 줄담배를 피우더라고. 아니 그 년들이 말이야, 우리 같은 어른이 보이면 그러면 안 되는 것 아니야? 어디 계집들이 남자들이 다 보는 데서 담배를 막 피워 대냐고…. 그래서 우리가 달려가 혼내줄려고 하다가 그냥 참았지. 우리가 너무 교양 있고 인격도 있는 사람들이잖아!"

혁수의 설명을 들은 동찬의 친구들은 모두 충격을 받은 듯 얼굴색이 변해버렸다. 그들도 동찬과 생각이 같기 때문이다.

"뭐야? 여자들이 모여서 줄담배를 피워대! 이런 개 같은 것들, 아니 그걸 가만 뒀어? 뭐라고 한마디 해줘야지."

"쯧쯧쯧, 세상이 말세다 말세."

친구 다섯 명은 입을 모아 담배 피우던 여자들을 맹비난하기 시작한다. 비난의 수위가 높아질수록 소주병을 비우는 속도도 높아졌다.

"말 듣고 보니 너무 더럽고 역겹다. 혁수야, 우리도 한잔 따라 줘라,"

"그래, 마셔라."

동찬은 술을 따라주며 손가락으로 여자들이 있는 쪽을 가리켰다.

"야, 너희들 저기 저쪽을 봐라, 저기 끝 쪽 말이야, 저기 여자들이 담배피우고 있잖아, 보이지?"

동찬의 말에 다섯 명은 목을 길게 빼고 가리키는 쪽을 바라보았다. 일곱 명은 소주를 먹다 말고 갈빗집 창문으로 멀리 공원에서 담배를 피우고 있는 여자들을 뚫어지게 노려보았다. 누군가한숨을 푹 쉬었다. 격분이 포화된 일곱 명은 마구 소주를 들이부으면서도 눈꼬리를 여자들한테서 떼지를 못했다. 여자들 머리위로 담배연기가 몽글몽글 피어오를 때마다 소주잔을 들었다.

그들은 8시 30분 쯤 자리를 파하고 구갈공원으로 향했다. 자주 가는 벤치에 앉아서 담배를 한 대씩 피울 생각이었다. 가면서 아까 여자들이 있던 곳을 살펴보았다. 그 여자들이 갔나, 안 갔나, 확인하기 위해서다. 그런데 그녀들은 아직도 그곳에서 담배를 피우고 있었다.

"와아, 정말 징그러운 것들이다. 지금까지 담배 피우고 있네! 참나…."

"진짜 쌍년들이다."

남자 일곱 명은 다시 여자들 흉을 보며 담배를 피우기 시작했다. 그런데 점점 분위기가 심상찮아졌다. 그것은 바로 소주 때문이었다. 너무 많이 마셔서 알딸딸한 상태를 뛰어넘어 비틀거릴 정도였다. 사리분별이 힘들 만큼 만취상태였다. 보통 이런 상태가 되면 실수 한두 개쯤은 하기 마련이다.

그래서 결국 일이 터져버렸다. 원래 사람이라는 동물은 멀쩡할 땐 불만이 많아도 그냥 참아버리는데, 술이 그것도 좀 많이 들어가 버리면 몸으로 행동으로 표출된다. 자신도 모르게 술의 힘에 떠밀려 사고를 치게 되는 것이다. 저번 주 내내, 주말 내내, 그 여자들에게 가장 불만이 많았던 동찬이 비틀거리며 여자들이 있는 곳으로 걸어갔다.

"야, 내가 오늘 저기 저 년들을 아주 작살내 버릴 테니까, 잘 지켜봐. 알았지!"

친구들을 향해 호기롭게 한마디 던지고 나서 동찬은 담배를 물고 천천히 그녀들에게 다가갔다. 그러자 벤치에 앉아 있던 여섯 명의 남자들은 일제히 동찬에게 달려들어 말렸다. 타자가 투수에게 빈볼 시비로 항의하러 나갈 때, 동료 선수들이 쏟아져 나와 말리는 것처럼 말이다.

"형, 형, 지금은 아니지, 우리 좀 더 시간을 갖고 이성을 차리자고. 저 년들을 혼내주더라도 다음에 술 안 취했을 때, 그때 우리 같이 합심해서 쳐들어가자고…. 지금은 우리 모두 너무 취했어!"

"그래요. 형, 그렇게 해요."

"야, 나 안 취했어. 멀쩡해. 그러니까 비켜! 지금 당장 저 년들을 내쫓아야 하니까."

여섯 남자의 결사적인 만류에도 동찬은 아랑곳하지 않았다.

"놔아, 놓으란 말이야."

동찬의 분노에 찬 일갈에 여섯 남자들이 주춤하자 그 틈에 쏜살같이 여자들 쪽으로 내달렸다. 그것도 "와아아아---! 와아아아아아--!" 하는 괴성을 지르면서….

딱 봐도 만취한 남자가 비틀거리며 자신들 쪽으로 달려오자, 여자들은 다른 일이 있거나, 정신질환환자라고 생각하고 그냥 가만히 앉아 있었다. 하지만 그녀들의 예상은 완전 빗나갔다. 그 남자는 곧바로 여자들을 향해 돌진하며 쌍욕을 내뱉었다.

"이 시발 것들아, 이런 신성한 곳에서 담배연기를 쪽쪽 빨고 있냐? 너희들 나한테 제대로 걸렸어. 이 년들아."

동찬은 마침내 담배 피우는 여자들에게 선전포고를 감행해버렸다. 그의 뒤로 여섯 명의 남자들이 동찬을 만류하기 위해 황급히 달려오고 있는 게 보였다. 여자들은 자신들에게 심한 욕설을 퍼붓는 남자를 황당하다는 표정으로 바라보았다.

결국, 터질 게 터졌다. 구갈공원에서 거의 매일 모여 담배를 피우는 일곱 명의 여자들과 이것에 몹시 분개하는 두 명의 남자와 오늘 이 사실을 두 남자에게 전해 듣고 덩달아 분개하는 다섯 명의 남자, 그렇게 합쳐 총 일곱 명의 남자들 간의 대혈투가 시작되었다.

그녀들은 일단 가만히 있었다. 소리 지르며 달려든 남자가 정신적으로 문제가 있어서 이런다고 판단했기 때문이다. 그러나 동찬이 더 거친 욕설을 내뱉으며 바닥에 있던 돌을 집어 들고 던질 듯이 협박까지 하자 그녀들도 더 이상 가만히 있지 않았다. 위험하기 때문이다.

"아저씨 왜 그러는 거예요? 저리 가요."

"뭐, 나보고 저리가라고? 야, 이 시발 것들아! 왜, 여자들이 이 아름답고 신성한 구갈공원에서 담배를 피워대는 거야? 너희들 가정교육은 제대로 받은 애들이야? 너희 부모가 그렇게 가르쳤냐? 이 시발."

이 말에 그녀들은 심한 충격을 받았다. 자신들도 그리 어린 사람들이 아닌데다 지금 이 아저씨가 자신들의 흡연에 대해 이래라저래라 하는 것이 좀처럼 이해가 되질 않았다. 더군다나 욕설까지 내뱉지 않는가!

선동희는 여자로서의 자부심과 여성 흡연 문제에 대해 개선할 점이 많다고 생각하는데다, 여기 모인 여성 흡연자 일곱 명을 대표한다는 긍지가 하늘을 찌르는데 지금 자신들을 향해 달려드는 낯선 남자의 막말을 도저히 그냥 넘길 수 없었다. 하지만 술에 취한 사람과 맞붙어봐야 자신만 손해라는 생각도 들었다. 그래서 일단 침묵을 지키며 가만히 있었다. 그러면 주정 좀 부리다 그냥 돌아갈 거라고 판단했다. 그러나 선동희의 판단과 달리 남자의 행패는 더 거세지고 있었다.

뒤따라온 여섯 명의 남자들은 처음엔 동찬을 만류하려고 애를 썼다. 그러나 시간이 흐르면서 점점 동찬의 습격에 가세하기 시작한다.

"아니, 우리 형이 이러는 이유를 모르겠어? 여자들이 공원에서 담배를 피우니까 그러지. 어서 담배를 끄란 말이야. 아니면 다른 데로 가버리든가. 지나가는 사람들이 너희들을 욕하는 줄도 모르지?"

혁수가 동찬의 편을 들며 나섰다. 그가 가세하자, 여자들도 흥분하기 시작했다. 웬만하면 참아 넘기려고 했는데 일행으로 보이는 남자가 말리진 못할망정 같이 공격을 해대니 마침내 여자들의 뚜껑이 열리고 말았다.

급기야 배희가 맞받아쳤다.

"이봐요, 술 취한 아저씨들. 술에 취했으면 그냥 얌전히 집에 가서 잠이나 주무셔. 왜 쓸데없이 우리에게 시비를 걸어요? 욕도 너무 잘 하시네."

배희의 말에 일곱 명의 남자들은 눈을 휘둥그레 뜨며 격분하기 시작했다. 사실 이들은 자신들이 경고를 하면 여자들이 순순히 나올 거라고 생각했기 때문이다. 그런데 여자들이 눈도 꿈쩍않고 오히려 반격을 하자 당황했다. 더 거친 욕설이 나올듯한 분위기가 연출되었다.

"이 시발 년들아, 너희들 죽을래? 이런 개 같은 것들을 봤나."

일곱 명의 남자들은 일제히 삿대질을 해대며 심한 욕설을 동시에 내뱉기 시작했다. 그러자 여자들도 같이 삿대질을 해대며 심한 욕설로 맞대응을 했다.

"이 시발 새끼들아, 너희들은 나이 처먹은 놈들이 나잇값도 못하고 이게 뭐야? 이런 개 같은 것들을 봤나."

양측이 한 차례씩 격렬한 욕설이 오고 갔다. 이제 본격적으로 격전이 벌어질 분위기가 완벽히 조성되었다. 만취한 남자들은 여자들에게 그런 욕을 듣자 몹시 흥분하여 일제히 달려들기 시작했다. 술에 취해서 비틀거렸지만 바닥에 있는 작은 돌을 들어 그녀들을 향해 던지려고도 했다.

"이런 겁 대가리 없는 년들 봐라, 우리보고 나잇값도 못한다고? 이 시발 년들 너희들 다 죽었어! 이거 뭐, 이거 확, 이씨, 팍!"

그녀들은 순간 당황했지만 상황에 집중했다. 남자들은 여자들의 머리카락을 잡으려고 했다. 여자들은 그들의 손을 피해 자리에서 벌떡 일어나 옆으로 재빨리 움직였다. 그러자 만취한 일곱 명의 남자들은 자신들끼리 엉켜버렸다.

"어어어어어---! 아아아아아---! 윽으으으으…!"

그런 상황에서도 여자들의 머리카락을 잡으려고 끝까지 손을 내뻗었다.

"이런 시발 년들, 머리카락을 다 뽑아버릴라. 뭐 이런 년들이 다 있어!"

남자들이 그러는 사이에 여자들은 이리저리 피해가며 주먹으로 그들의 얼굴을 향해 일격을 날렸다. 그들이 아무리 남자라지만 술에 취한 상태에다 자세를 잡기에 불편한 상황이어서 여자들의 스트레이트 공격을 고스란히 맞을 수밖에 없었다. 그들이 비틀거리자, 그녀들은 주먹으로 더 거칠게 후려쳤다. 결국 남자들 모두 바닥에 쓰러졌다.

"뭐 이런 새끼들이 있어! 야, 이것들 다 밟아버려!"

남자들은 추풍낙엽이었다. 분이 풀어지지 않은 여자들은 그들의 몸을 향해 스탬핑을 날렸다. 그것도 모자라 손에 들고 있던 담배꽁초로 그들의 몸을 지저 버렸다. 남자들은 너무 뜨거워 이리저리 피하면서 바닥에서 일어나려고 안간힘을 썼다. 한참 몸부림을 치자 조금씩 조금씩 정신을 차리고 일어나기 시작했다.

"어어어어어…, 아아아아아아…, 으으으으으으…!"

하지만 여자들은 그들이 일어나지 못하도록 뒤로 밀며 발로 걷어차 버렸다.

"이 새끼들 일어나지 못하게 눌러버려!"

여자들은 더 거칠고 강력하게 남자들을 발로 밟았다. 어떻게든 일어나려고 몸부림치는 일곱 명의 남자들과 어떻게든 못 일어나게 하려고 발로 걷어차는 일곱 명의 여자들 간에 숨 막히는 대접전이 벌어지고 있었다. 이때 구갈공원을 지나가던 두 명의 여성이 이 장면을 보고 너무 놀라 발걸음을 멈추었다.

"아니, 이게 무슨 일이냐? 왜 여자들이 저렇게 남자들을 막 쓰러뜨려 놓고 밟고 차고 그러지?"

두 여자는 이 충격적인 장면을 보고 안 되겠다 싶어 재빨리 인근 파출소에 신고를 해버렸다. 그러자 불과 5분도 안 되어 경찰차가 사이렌을 울리며 사건현장에 도착했다. 경찰들은 재빨리 발길질을 하고 있는 여자들을 뜯어말렸다.

"이봐요. 이게 뭐하는 거예요? 저리 비켜요, 비키라고…."

"아아아아아 악악--!"

결국 일곱 명의 여자들은 경찰에 의해 뒤로 밀려났다.

"여자 분들이 왜 남자들을 집단으로 때렸습니까?"

선동희가 나서서 대답했다.

"경찰관님, 이 자식들이 난데없이 나타나서 먼저 우리 보고 왜 담배를 피우느냐는 둥 막 욕 해대고 돌을 집어던지려고 했어요. 거기에다 우리 머리채를 잡고 온갖 행패를 다 부렸다고요. 우리 는 그대로 당할 수가 없어서 저항한 거예요."

"저 사람들이 먼저 그랬다고요?"

"네, 먼저 그랬어요."

경찰은 이번엔 일곱 명의 남자들에게 물었다.

"아저씨들, 이 여자 분들이 하는 말이 맞습니까? 그건 폭행, 협박이에요."

"정확하게 말하자면 그렇게 한 것이 아니라 그러려고 하던 중 이었지요. 이보세요, 경찰관님. 여자들이 이런 공원에서 막 담배 를 피워대는데 어떻게 그 꼴을 보고 가만히 있겠습니까? 그래서 우리가 이 몰지각한 여자들을 훈계하려고 한 것인데, 그것도 잘 못입니까?"

"아저씨, 아저씨들 생각이 어떻든 여자 분들에게 그런 훈계를 할 권한은 없습니다. 그럼 여자분들 말대로 욕설과 돌을 던지려 고 했다는 건 사실이지요?"

일곱 명의 남자들이 위기에 몰렸다. 이 사단의 장본인인 동찬 이 앞에 나섰다.

"경찰관님, 그렇게 하려고 한 건 사실이지만, 그 뒤엔 오히려 우리가 저 여자들에게 더 무지막지하게 얻어맞았습니다. 우리가 술에 너무 취해서…. 저 여자들이 과잉방어 한 거 아닙니까?"

"아저씨들이 먼저 욕하고 돌을 던지려는 행동이 있었기 때문에 그렇게 보기는 어렵죠. 일단 파출소로 가서 조사를 해봅시다. 모두 서로 갑시다."

이 광경을 보고 신고한 두 여자는 조금 떨어져서 남자들과 여자들, 경찰들이 하는 말들을 모두 들었다. 30대 초반 정도의 두 여자는 조용히 소곤소곤 거렸다.

"보아하니 저 여자들이 담배를 피워서 남자들이 뭐라고 하다가 이렇게 된 거네. 세상에 여자들이 이런 공원에서 담배를 피우고 지랄이냐, 안 그래? 어휴, 저렇게 발랑 까진 것들 같으니."

"남자들이 피우는 건 몰라도 여자들이 이런 데서 담배를 피우냐고. 아이, 더러운 년들…."

두 여자는 일곱 명의 여자들이 공원에서 담배를 피운 것에 분개하며 그녀들을 향해 맹비난을 가했다. 이게 바로 이 사회의 현주소다.

그건 그렇고 경찰에 연행되게 생긴 일곱 명의 남자들은 화가 치밀어 올라 일제히 호주머니에서 담배를 꺼내 한 대씩 입에 물었다.

"경찰관 아저씨, 저런 여자 흡연자들을 혼내준 게 뭐가 잘못이라고 우리를 연행하겠다는 겁니까? 정말 너무하네. 휴우~."

일곱 명의 남자들은 일제히 담배를 피워가며 연행조치에 강력히 항의했다. 혁수의 친구인 인철이 나서 경찰관을 설득하려고 했다.

"경찰관님, 솔직히 우리가 저 여자들과 같이 파출소에 끌려가 조사를 받는 건 엄청 쪽팔린 일이잖아요. 그래서 말인데, 여기서 그냥 저 여자들과 화해하는 걸로 끝내지요? 그럼 되겠지, 동찬이 형? 혁수는 어떻게 생각해?"

"......."

이런 상황에 무척 짜증난 인철은 자신의 일행들에게 이런 제안을 했다. 잠시 침묵을 지키던 동찬, 혁수가 입을 열었다.

"경찰관님, 이 공원엔 흡연금지법이 있지 않습니까? 특히 여자들이 흡연하는 것 말이죠."

"아저씨들, 공원엔 국민건강증진법 및 간접흡연피해방지조례가 적용되서 위반 시, 5만원의 과태료를 물리게 됩니다. 그것은 남녀 간에 구분이 없어요."

"아니, 무슨 법이 그래요? 남자는 원래 담배를 피울 수 있는 거니까 그 법이 적용되면 안 되는 거죠. 제 생각에 그 법은 여자에게만 적용되어야 한다고 봅니다. 법이 왜 이렇게 뒤죽박죽 엉망입니까? 내가 내일 당장 용인시청, 기흥구청, 용인경찰서, 또어디야, 그래 경기도청에다 탄원서하고 진정서를 넣을 거예요.

방금 전에 얘기한 국민 어쩌고 하는 그 법은 여성 흡연자들에게만 적용되는 게 공정하고 정의로운 거라고요. 그래도 안 되면 청와대에다 탄원서를 넣을 겁니다."

동찬은 경찰의 말에 거칠게 반발했다. 그러면서도 인철의 제안에 마음이 움직이고 있었다.

"경찰관님, 우리가 저 여자들에게 더 많이 맞았지만 통 크게 대인배답게 저 여자들을 그냥 봐주겠습니다. 우리는 워낙 가슴이 넓으니까요, 하하하!"

"아저씨들 생각은 알겠습니다. 그럼 여자 분들의 의향은 어떻습니까?"

일곱 명의 여자들은 다짜고짜 협박과 기습폭행을 당할 뻔 했지만 사실 남자들에게 얻어맞은 것도 없고, 오히려 자신들이 그들을 더 때려버렸으니 파출소까지 가봐야 좋을 것이 없다는 판단이 들었다. 그래서 그냥 넘어가기로 했다.

"좋아요, 우리도 그냥 저 남자들을 봐줄게요. 우리는 통 큰 여성들이고, 앞으로 여성 흡연자들의 권익증진을 위해 싸워나갈 겁니다. 파이팅!"

"두 분들이 그렇게 말씀하시니 이 건은 이렇게 마무리하겠습니다. 그리고 아까 얘기한 그 흡연방지법 위반은 오늘 처음이니 과태료는 물지 않겠습니다. 그러나 앞으론 조심해주세요. 한 번더 적발되면 과태료 5만원 물리겠습니다. 아셨죠?"

"네, 알겠습니다. 수고하셨어요, 경찰관님."

그렇게 경찰들은 돌아갔다. 그리고 남자들도 돌아갔고, 여자들도 돌아갔다. 그들은 돌아가면서도 서로 한 번씩 노려봤다. 노려봤다는 의미는 무엇일까! 겉으론 화해한 척했지만 마음속에 앙금은 여전하다는 뜻이 아니겠는가! 이들은 서로에 대한 엄청난 앙금을 가진 채 각자의 길로 갔다.

시간은 밤 9시 30분. 여자들은 다른 곳으로 갔다. 남자들은 한 잔 더 하고 싶어서 인근 노래방으로 직행했다. 여자들에게 무차별 폭행을 당했지만 그래도 어느 정도 견딜 수 있었는가 보다.

노래방으로 들어가 노래라도 실컷 부르면 분이 좀 풀어지는가 보다. 그 순간만이라도 말이다. 동찬과 혁수는 엊그제도 이곳 노래방에 왔다. 그때도 공원에서 그 여자들이 담배피우는 것을 보고 분한 기분에 왔는데 오늘도 마찬가지다. 오늘도 그때처럼 어김없이 노래 도우미를 불렀다. 오늘 온 도우미는 그때 그 도우미가 아니었다.

도우미들은 노래를 부르는 중간 중간에 담배를 피웠다. 웃긴 건, 이들 남자들은 도우미들에게 담뱃불도 붙여준다는 것이다. 아까 공원에선 흡연하던 여자들과 그 문제로 격렬하게 다퉜는데, 지금은 이게 어찌된 일인가? 엊그제와 같이 도우미들은 자신들에게 기쁨을 안겨주는 대상이기에 흡연에 너그러워지는 것인가? 이 엄청난 이중성의 이유는 무엇인가?

일곱 명의 남자들과 도우미들은 함께 1차, 2차, 3차까지 갔다. 그리고 나서야 남자들은 각자의 집으로 돌아갔다.

한편, 일곱 명의 여성들도 술집으로 들어갔다.

"야, 너희들. 오늘 그 또라이들 때문에 위축되거나 신경 쓰지 마. 오늘은 좀 재수 없는 날이라고 생각하고, 내일부터 우리는 조금도 흔들림 없이 아까 그곳에서 담배를 피우는 거야, 알았지? 자, 그렇게 함께 파이팅!"

"파이팅!"

그녀들도 이 일로 엄청나게 분했는가 보다. 술을 다 마신 후, 내일 출근을 위해 그녀들도 각자 집으로 돌아갔다. 그녀들은 모두 구갈동에 산다.

그녀들 중, 대장인 동희는 청렴맑은당에서 활동하고 있고, 다른 이들은 내일 무역회사, 대법원, 감사원, 강촌대, 강초대 교수로 출근해야 한다. 배희만 현재 무직상태이다.

호수는 강촌대 경찰행정학과 교수이고, 은지는 강초대 의류학과 교수이다. 강촌대, 강초대 모두 수원에 있다. 그녀들은 직업이 나름대로 좋은 편이다. 직업이 성격형성에 영향을 미치기는 하지만 이들은 원래부터 자기주장이 강하고 자존심이 강한 편이다.

오늘 구갈공원에서 최초로 벌어진 일곱 명의 여자들과 일곱 명의 남자들 간의 전쟁은 앞으로 더 치열하게 전개될 것으로 보인다. 여자들도 자존심이 유난히 강한 성향인데, 남자들도 유난히 남의 일에 쓸데없이 참견하고 시비걸기를 좋아하는 성향이기 때문이다. 그래서 이들 간의 난타전은 더욱 격렬해질 전망이다.

제2부 · 흡연여성타도협회 발족

날이 밝자, 동찬은 어제 공원에서 흡연금지법에 대해 분개했던 말 그대로 여성들이 밖에서 담배를 피우는 것을 엄벌에 처해 달라는 내용의 탄원서와 진정서를 용인시청, 기흥구청, 경기도청, 청와대에 넣었다.

※ 탄원서

저는 용인시 구갈동에 사는 남자입니다.

어제 너무너무 가슴 아픈 일이 일어났습니다. 세상에 남자가 아닌 여자가 보란 듯이 공원에서 담배를 피웠습니다. 이게 말이나 됩니까?

대한민국은 민주공화국입니다. 이런 민주공화국에서 국민의 주인은 당연히 집안 어른인 남자가 되어야 하지 않겠습니까? 그래서 남자가 밖에서 담배를 피우는 것은 당연한 것입니다. 보기에도 좋고요. 그러나 여자가 밖에서 그러는 것은 너무 추하고 역겨워 보입니다. 사회 분위기를 아주 엉망으로 만들고 흐리게 합니다.

그렇기 때문에 당국에서는 이런 부분을 최대한 고려하여 여자들이 길거리나 밖에서 담배를 피울 시에 엄중하고 단호하게 엄벌에 처해 주실 것을 간청합니다.

그래서 이 사회에 제대로 된 국민이 주인이 되는 나라를 만들어주십시오.

이런 내용이었다.

동찬은 그 다음 날 여기저기 관공서에 탄원서와 진정서를 넣어버렸다. 글쎄, 관공서들이 이런 내용을 접수할지 의문이 든다. 공원에서 남자는 괜찮고 여자들의 흡연은 엄금해 달라는 무척 웃기는 내용의 탄원서와 진정서가 과연 받아들여질까!

결과는 남녀평등에 위배되는 내용을 담은 탄원서와 진정서는 부당하니 받아들일 수 없다는 회신이 왔다. 동찬은 심한 충격에 빠졌다. 자신은 당연히 그 내용이 받아들여져서 이 땅에 여성들이 대놓고 길거리나 공원에서 담배를 피우는 것을 제재할 거라고 확신하고 있었기 때문이다. 잠시 좌절에 빠졌지만 그는 또 다른 대책 마련에 부심했다.

사실 구갈공원에 가지만 않으면 그녀들을 볼 일이 없기에 별 문제가 없다. 하지만 동찬은 구갈공원을 무척 좋아하고, 여자들의 흡연을 막아야 한다는 사명감마저 있으니 여간 골치 아픈 문제가 아닐 수 없었다.

　며칠이 지난 어느 날 저녁, 동찬은 혁수를 불러 소주를 사주며 그 문제를 해결하기 위한 대책을 논의했다.

　"혁수야, 여자들의 실외흡연방지 탄원서는 물 건너갔으니 뭐 다른 묘수가 없을까?"

　"글쎄, 그 년들은 줄기차게 공원에 와서 담배를 피워댈 테니 사실 속수무책이잖아. 어떻게 해야 할지 답답해 미치겠네."

　두 남자는 오늘 구갈공원에 가지 않았다. 그 여자들이 몰려와서 담배를 피울 게 뻔하기 때문이다. 도저히 그 꼴을 볼 수 없었다. 그래서 조금 떨어진 놀이터에 가서 담배를 피워가며 대책을 궁리했다. 줄담배를 피우던 혁수가 문득 좋은 아이디어를 떠올렸다.

　"동찬이 형, 우리가 나서는 건 한계가 있잖아. 그래서 말인데…, 이 동네에 우리가 아는 여자들을 모두 끌어들여서 그 여자들을 혼내주라고 시키는 거야. 어때?"

　"푸하 하하하하! 우리 혁수는 인테리어 일만 잘하는 줄 알았더니 전략전술도 엄청 뛰어나구나! 그래, 너무 괜찮은 방법이다!"

　"우리 마누라 부녀회 회원들만 해도 장난이 아니거든. 여기에

형수님 부녀회 회원들까지 다 끌어 모으면 최소 70명은 될 거야. 그 싸가지 없는 여자들을 부녀회 회원들에게 맡기는 거야."

"하하하하하하! 그 년들은 고작 일곱 명인데, 우리 부녀회연합 여성흡연타도 대원은 칠십 명이라…! 그럼 7대 70이네. 크크크크! 게임이 안 되네."

이들은 자신들이 전면에 나서지 않고 다른 여자들을 내세워 담배 피우는 여자들을 타도하기로 결정했다. 이게 여러모로 모양새가 더 좋다고 판단했다. 쇠뿔도 단김에 빼라고, 혁수는 혁수대로 동찬은 동찬대로 곧바로 자신의 부인에게 전화를 걸었다.

"당신 말이야, 부녀회 회원이 다 하면 30명은 넘지?"

"응, 그런데 왜?"

"그 부녀회 회원들을 내가 한 번 만나고 싶은데 언제 시간이 되는지 연락 좀 취해봐."

"알았어."

혁수가 먼저 전화를 넣자, 동찬도 뒤이어 자신의 부인에게 전화를 넣었다.

"여보, 부녀회 회원 다 하면 40명은 되겠지?"

"아마 그쯤 될 거야. 그런데 그건 왜 물어?"

"내가 회원들을 만나서 꼭 할 말이 있어서 그래. 연락 좀 취해 줘."

"알겠어."

두 남자의 계획대로 부인들의 부녀회원들이 다음날 저녁 7시에 동찬의 집, 구초빌라 10동 201호에 모였다. 33평 빌라 거실에 칠십 명가량의 부녀회 회원들이 모두 모이니 실내가 빽빽했다. 동찬, 혁수는 거실을 가득 메운 여자들을 보고 한껏 고무되었다.

"이렇게 많은 회원님들께서 모여 주셔서 너무너무 감사드립니다. 무척 흥분되기도 하고요. 앞에 있는 저희가 마련한 다과도 드시면서 제 말을 들어주시기 바랍니다. 하하하."

"그래요, 잘 먹을게요. 호호호."

"무슨 일로 모이라고 하셨는지 궁금해요. 빨리 말해주세요."

여자들의 요청에 동찬, 혁수는 곧장 본론으로 들어갔다.

"제가 오늘 여러분을 초대한 이유는 우리 동네의 소중한 쉼터인 구갈공원을 지키기 위해서입니다. 그 공원에서 매일같이 여자들이 담배를 피우고 있습니다. 그 여자들이 그곳에서 담배를 피우지 못하도록 여러분이 앞장서서 막아주셨으면 하는 바람에서 이렇게 여러분을 모셨습니다."

동찬이 포문을 열자 그의 부인과 혁수의 부인, 그리고 칠십 명의 부녀회원들 모두 충격을 받았다. 그녀들이 충격을 받은 것은 동찬의 말 때문이 아니라 여자들이 담배를, 그것도 공원에서 피운다는 사실 때문이었다.

"뭐라고요? 여자들이 구갈공원에서 담배를 피운단 말이에요?

그게 정말이에요?"

"예, 사실입니다."

"이런 못 배운 년들이 다 있나! 남자들이 공원에서 담배를 피우는 것은 몰라도 무슨 여자들이 담배를 피울 수가…. 너무 어이가 없어 말이 다 안 나오네요."

"어머! 미친 거 아녜요, 그 여자들."

"세상 말세다, 말세야."

부녀회원들 사이에서 경악과 격분의 소리가 쏟아져 나왔다. 그녀들은 '남자들은 그럴 수 있지만 어떻게 여자들이 공원에서 담배를 피우냐'며 입을 모아 그 여자들을 성토했다.

저번에 최초로 동찬의 일행 일곱 명과 그 여자들 일곱 명이 구갈공원에서 맞붙었을 때, 경찰에 신고했던 두 여자도 그렇고, 오늘 동찬의 거실에 모인 칠십 명의 부녀회원들도 그렇고 남자들의 공개 흡연엔 관대하지만 여자들의 공개적인 흡연에 대해선 부정적인 사고방식을 갖고 있었다. 여자들이 남성들에게 문화적으로 짓밟히고 있는데, 같은 여자들이면서 남자들을 두둔해버리거나 여자들을 비하해버리는 현상은 왜 일어나는 것일까?

이 부분은 심리적인 연구가 필요한 영역이다. 짐작컨대, 본능적으로 강자의 편에 서려는 얄팍한 노예근성 같은 게 아닐까 싶다. 이를테면 대통령, 국회의원, 도지사, 장관, 대법관, 검사장, 변호사, 교수, 시장, 목사, 승려, 신부 같은 특수한 지위에 있는 사람들에게 특별한 이유도 없이 굽신굽신거리는 심리와 비슷할 것이다. 좀 특별하거나 높은 지위의 사람이라 해도 같은 사람인 데 말이다.

마치 노루나 사슴이 같은 종보단 호랑이나 사자를 더 두려워 하는 것처럼 약자가 약자의 입장보단 강자에게 편승해버리는 심 리는 아첨이나 비굴이라고 봐도 될 듯하다. 핵심은 노루와 사슴 이 같은 처지의 노루와 사슴의 심정을 헤아려 대동단결하여 자 신들을 잡아먹는 호랑이나 사자를 대적해야 된다는 것이다.

"여러분들 생각이 그 여자들에게 분노하는 제 생각과 같아서 무척 안심이 됩니다. 그래서 여러분들이 그 여자들을 혼내주셨 으면 합니다. 사실 이런 일은 남자들이 나서는 것보다 이렇게 부 녀회원님들이 나서주시는 게 모양새도 좋고, 효과도 좋습니다. 저희가 나서면 괜히 남자들이 여자들을 못살게 군다고 오해받기 딱 좋지요. 남녀차별이니, 자칫하면 성희롱이니 하면서 트집을 잡을 게 뻔하니까요. 여기 모이신 회원님들이 구갈공원에서 담 배피우는 그 여자들을 완전히 박멸시켜주시는 게 우리 아이들의 교육을 위해서도 꼭 필요한 일이라고 생각합니다."

"아무렴요. 이런 일은 같은 여자인 우리가 나서야지요."

동찬의 거실에 모인 두 명의 남자와 칠십 명의 여자들은 그 여 자들을 혼내주기로 의기투합했다.

"부녀회원님들이 꼭 승리하셔서 우리의 소중한 구갈공원에서 여자들이 담배를 피우는 천인공노할 일은 다시는 일어나지 않도록 힘써주시길 간곡히 부탁드립니다. 자, 그런 의미에서 잔을 들어 건배합시다. 자, 위하여, 위하여, 위하여 이렇게 외쳐 주세요. 위하여!"

"위하여, 위하여, 위하여!"

칠십 명 여자들의 우렁찬 건배 소리에 동찬과 혁수는 너무 기뻐 환호성을 터뜨렸다. 이 자리에 모인 많은 여자들이 그 일곱 명의 여자들을 응징해 주겠다고 하니 얼마나 즐겁고 짜릿하겠는가!

칠십 명의 아줌마부대는 뜸들일 것 없이 곧바로 내일 당장이라도 실행에 옮기기로 했다. 지금 그녀들이 들이붓는 소주는 일곱 명의 여자들과의 전투에서 승리했다는 의미의 승리주이다.

"오늘 신나게 마시고 내일 다시 우리 집에서 만나 그 여자들을 혼내주십시오."

"걱정 마세요. 우리가 다시는 공원에 발도 못 붙이게 할 테니까요."

"우리 모임 명칭을 '흡연여성타도협회'라고 하면 어떨까요? 호호호!"

"너무 좋아요. 완벽해요. 여자들이 공원에서 담배피우는 문제뿐만 아니라 길거리든 어디든 그런 짓을 못하도록 우리가 따끔하게 혼을 낼 겁니다. 어디 여자들이 시건방지게 담배를 피우나는 말이에요. 이건 절대로 있을 수 없는 일이에요. 천벌감이지요.”

미리 승리주를 마시며 자축하던 흡연여성타도협회 아줌마대원들은 내일 저녁 7시에 2차 모임을 이곳에서 하기로 약속하고 밤 10시에 해산했다.

다음날, 2차 모임 약속시간이 되자 어제 모였던 사람들이 한 명도 빠짐없이 전부 모였다. 엄청난 단합력이었다. 칠십 명의 아줌마부대원들은 추운 날씨에도 아랑곳하지 않고 양팔을 걷어 부치고 구갈공원으로 달려갔다. 동찬과 혁수는 함께 나가지 않고 집을 지켰다. 자신들이 배후세력이란 걸 들키기 않기 위해서였다.

일제히 달려 나간 칠십 명의 아줌마부대원들은 곧바로 담배 피우는 일곱 명의 여자들을 찾았다. 그 여자들은 여느 때와 같이 그 벤치에서 담배를 피우고 있었다. 아줌마 대원들은 일곱 명의 여자들을 향해 인정사정 볼 것도 없이 일제히 달려들었다.

“니들 뭐하는 짓들이야! 어디 여자들이 밖에서 담배를 피워대!”

대규모의 아줌마들이 고함을 지르며 나타나자, 일곱 명의 여자들은 깜짝 놀랐다. 아줌마대원들은 삽시간에 그 여자들을 에워싸 버렸다. 아줌마부대원들은 다짜고짜 욕부터 내뱉었다.

“야이 시발 년들아, 어디 여자가 벌건 대낮에 대놓고 담배 질이야! 너희들이 인간이야, 짐승이야?"

심한 욕설에 놀란 일곱 명 여자들은 어이없는 표정으로 그들을 빤히 바라봤다.

"보기는 뭘 봐? 어서 입에 문 담배나 끄고 얼른 꺼져. 우리 용인 기흥구민들이 돌아다니는 곳에서 한 번만 더 담배 피우고 다니면 가만 안 둘 테니!"

개떼처럼 몰려든 아줌마들의 심한 욕설에 담배를 피우던 일곱 명의 여자들은 당혹감을 감출 수 없었다. 문득 저번에 만취해서 시비를 걸던 일곱 명의 남자들이 떠올랐다.

"아주머니들 왜 이러세요? 우리가 담배를 피우던 말던 아주머니들이 무슨 상관이에요?"

"뭐? 이 년들이!"

몰려온 아줌마들의 연배가 자신들보다 많아 보여 참고 있던 일곱 명의 여자들은 계속되는 거친 욕설에 더 이상 참지 못하고 맞대응하기 시작한다.

"이 아줌마들이 나잇값 해주니까 계속 지랄이네. 아줌마. 험한 꼴 당하기 전에 그냥 가. 그리고 같은 여자들끼리 여자가 담배를 피운다고 남자들보다 더 지랄 떨면 안 되지 않아?"

"이것들 봐라? 싸가지 없는 줄은 알았지만 한참 어린 것들이 반말 짓거리네. 오늘 니들 다 죽었어!"

아줌마들이 팔을 걷어 부치며 당장 머리채라도 잡을 기세를 보이자 일곱 명의 여자들은 슬쩍 겁이 났다. 저번에 남자들은 만취한데다 숫자도 적어서 손쉽게 물리쳤지만 지금은 상황이 달랐다. 인원도 자신들보다 월등히 많은데다 술도 먹지 않은 맨 정신들이라 맞서봤자 두들겨 맞을 게 뻔하기 때문이었다. 일곱 명의 여자들은 도망이 최선이라고 판단했다.

"야, 안 되겠다. 튀자!"

"빨리 도망쳐."

일곱 명의 여자들은 칠십 명의 아줌마부대의 포위망을 뚫고 재빨리 도망쳤다. 순식간에 벌어진 일이라 아줌마들은 그 여자들이 도망치는 걸 막을 수 없었다.

"저 년들이 도망친다. 빨리 잡아!"

일곱 명의 여자들은 최선을 다해 도망치기 시작했다. 그 뒤를 이어 칠십 명의 아줌마들이 이를 악물고 뒤쫓아 갔다. 일곱 명의 여자들은 세 개의 작은 골목이 나오자 째빨리 뿔뿔이 흩어졌다. 뒤쫓아 오던 아줌마부대는 젊은 여자들의 달리기 속도를 따라잡긴 힘들었다. 결국 일곱 명의 여자들을 잡는 것에 실패하고 말았다.

"에이시, 놓쳐버렸네. 완전 아작 내버릴 수 있었는데…. 헉헉!"

일곱 명의 여자들은 한참 동안 정신없이 도망쳤다. 아줌마들이 뒤따라오지 않는다는 걸 확인하고 나서 헤어진 동료들에게 전화를 걸었다.

"너 지금 어디에 있어? 난 여기 신야호프 앞에 있어."

"난 와영철물점 앞이야, 그곳으로 갈 테니 거기에 있어."

"알았어. 빨리 와."

동희는 동생들에게 전화를 걸어 신야호프 앞으로 모이라고 했다. 5분 쯤 지나서 동료들이 하나둘 씩 나타났다.

"휴우, 천만다행이다. 모두 안 잡히고 잘 피했구나! 괜히 그런 무식한 년들과 싸워봤자 우리만 손해지. 그래서 내가 얼른 도망치라고 했던 거야!"

"맞아. 언니의 판단이 옳았어. 언니 말대로 그런 무식한 아줌마들과 싸워봤자 우리만 손해지. 맞아, 맞아."

"여기 들어가서 생맥주 한 잔 하자"

"자, 들어가자⋯."

일곱 명의 여자들은 신야호프로 들어갔다. 도망치느라 목이 탔던 여자들은 주문한 생맥주가 오자마자 단숨에 들이켰다. 시원한 맥주가 들어가자 목구멍이 시원해지면서 머릿속도 맑아졌다. 그제야 조금 전에 있었던 황당한 일에 대해 화가 치솟기 시작했다.

"저번엔 웬 술주정뱅이들이 몰려와서 담배 핀다고 행패부리더니, 오늘은 웬 아줌마들이 벌떼같이 몰려와서 지랄들이네. 참나, 재수가 없으려니."

"내 생각엔 조금 이상한 것 같아. 그때 그 술주정뱅이들이 오늘 나타난 아줌마들을 사주한 것 아닐까? 복수차원으로 말이야. 자꾸 그들이 서로 연결되어 있을 것 같은 느낌이 든단 말이야."

"짜증나니까 오늘은 맥주나 실컷 마시자. 화날 땐 술이 최고니까, 에잇!"

밤 9시가 지나가고 있지만 일곱 명의 여자들은 호프집을 떠날 줄 몰랐다. 술을 마실수록 그때 시비를 걸던 일곱 명의 남자들에 대한 의심이 짙어졌다. 문제는 내일이든 모레든 오늘 같은 일이 또 벌어질 수 있다는 거였다. 그때도 또 도망칠 것인가. 이렇게 술만 마신다고 해결될 일이 아니었다. 하늘을 찌를 듯한 자신들의 자존심과 철옹성 같은 의지를 지키기 위해선 대책을 마련해야 했다.

"얘들아, 이렇게 술만 마신다고 될 일이 아닌 것 같아. 오늘 그 아줌마부대가 계속 행패를 부리면 우리는 구갈공원에서 밀려나게 될 수밖에 없어. 그럴 수는 없잖아? 우리 아지트를 지키기 위해 좋은 아이디어 있으면 말해봐."

"언니 우리가 곧바로 붙기엔 저 아줌마들 숫자가 너무 많아. 대가리수로 밀어 붙이잖아! 그에 비하면 우린 숫자가 너무 적어. 그래서 말인데, 우리의 흡연생활을 도와줄 수 있는 보디가드가 필요한 것 같아."

"보디가드? 어떻게?"

그녀들은 자신들의 흡연생활을 도와줄 수 있는 보디가드라는 아이디어에 귀가 솔깃했다. 문제는 그런 보디가드를 어디서 어떻게 구하느냐 하는 거였다. 리더답게 동희가 제일 먼저 아이디어를 내놓았다.

"뭐, 뾰족한 수는 없는 것 같다. 우리가 알고 있는 지인들을 최대한 끌어들이는 것밖에…. 일단 우리 남편들부터 끌어들이자. 그리고 우리가 아는 여자들을 최대한 끌어 모으는 거야. 그래서 오늘 나타난 그 아줌마부대들과 맞붙는 거지. 어때?"

"근데 언니. 그 아줌마부대들과 맞붙을 만한 그 많은 인원을 어디서 다 끌어 모으냐고…."

"야, 너 내가 저번에 언니라고 부르지 말고 의원님이라고 부르라고 했지. 왜 자꾸 까먹는데?"

"아참! 선동희 의원님 그 아줌마부대들과 맞붙을 만한 그 많은 인원을 어디에서 다 끌어 모을 수 있을까요?"

"뭐, 지금으로선 될지 안 될지 모르지만 일단 끌어 모으는 데까진 끌어 모아보자고. 그 후에 부족하면 다른 수를 쓰더라도 말이야."

일곱 명의 여자들은 자신들의 남편들과 알고 있는 여자들을 모두 다 끌어 모으는 것에 의견일치를 보고 해산한다. 그리고 신야호프에서 결정한 의견대로 집에 들어가자마자 남편들에게 오늘 있었던 사건에 대해 얘기했다.

"자기야, 내가 오늘 구갈공원에서 친구들이랑 담배 피우고 있는데 웬 아줌마들이 떼거리로 몰려와서 난리를 부리는 거야. 막 때리려고 해서 도망쳤는데, 하마터면 그 아줌마들한테 맞을 뻔했어.”

“뭐? 아줌마들이 담배 피운다고 때리려고 했다는 거야?”

“그랬다니까. 난 구갈공원에서 담배를 피우는 게 좋은데 그 아줌마 때문에 거기 못 가게 될 것 같아. 정말 화가 나고 짜증나.”

사실 남편은 아내가 담배를 피우는 걸 마땅찮아했다. 오직 건강에 해롭다는 이유 때문이었다.

“여보, 솔직히 내가 남녀평등을 주장하는 남자라 당신이 담배 피운 것 가지고 뭐라 하고 싶진 않지만, 당신 건강을 위해서 담배를 끊는 게 어떨까?”

이 말에 동희는 버럭 화를 냈다.

“지금 그게 중요한 게 아니잖아. 얼마 전에 술 취한 남자들이 우리가 담배피고 있는데 나타나서 행패를 부렸다고. 그땐 우리가 적당히 밟아줬는데 오늘은 갑자기 아줌마부대가 나타난 거야. 내 생각엔 아무래도 그 아줌마부대가 그 남자들과 무슨 연결이 되어 있는 것 같아! 그리고 자기는 여자라서 몸에 해로우니까 담배를 피우지 말라는 거지만, 그때 그 남자들은 남자는 담배를 피워도 되지만 여자는 담배 피우면 안 된다는 거였어. 그 아줌마부대도 그렇게 말했고.”

“그래, 알겠어. 당신 말뜻을 알 것 같아.”

"자기가 할 일은 내일부터라도 그곳에 나가 그 아줌마들이 또 나타나면 막아주는 거야. 그리고 내가 아는 여자들을 모두 모아서 끌어 모을 거야. 우리가 우리 아지트에서 밀려나지 않도록 확실히 날 도와줄 거지?"

"네에, 알겠습니다. 우리 선동희 국회의원님."

"기분 좋다. 자기가 국회의원님이라고 불러 주니까, 정말 내가 국회의원이 된 것 같아."

동희의 남편은 내일부터 아내를 돕겠다는 뜻을 피력했다. 그 시간에 다른 여섯 명의 여성들도 남편들에게 지지를 이끌어냈다.

제3부 · 흡연여성단체 발족

　날이 밝자, 일곱 명의 여자들은 다니는 직장인에서 자신들을 도와줄 또 다른 여자들을 모으려고 노력했다. 하지만 그녀들의 요청을 들은 여자들은 난색을 표하며 거부의사를 밝혔다. 같은 여자들이 억울한 일을 당하는 것은 안타깝게 생각하지만 그런 일에 나서고 싶지 않다는 심리 때문이었다. 게다가 괜히 자신들도 담배를 피우거나 흡연을 옹호하는 듯한 오해를 받을 수 있기에 더욱 단호하게 거절했다.

　결국 일곱 여자들의 우군을 찾기는 실패로 끝났다. 이제 그녀들의 흡연을 도와줄 마지막 보루는 그녀들의 남편들뿐이었다. 하지만 남편들 일곱 명으로 구갈공원 그 벤치를 수성하기란 벅찬 일이었다.

　그래도 어쩌겠는가. 다른 곳으로 가지 않고 꼭 그 자리, 그 벤치를 수성하려면 적은 인원으로도 맞서는 수밖에. 그 벤치를 사수하려는 것은 그 자리가 마음에 들기도 하지만 여자들의 흡연 행위가 잘못된 행동이라는 이유로 쫓겨나기 싫어서였다. 증거는 없지만 그 아줌마들은 일곱 남자들의 사주를 받고 자신들을 공격한 게 분명했다. 왜냐면 아줌마들의 공격 이유가 공원에서 담배피운 것이나 공중도덕, 국민건강차원에서가 아니라 순전히 남자의 흡연은 괜찮지만 여자의 흡연은 안 된다는 지극히 남녀차별적인 이유가 같았기 때문이다. 절대로 이런 차별적 관념에 굴복당할 수 없었다.

일곱 명의 여자들은 남편들 대동하고 오늘도 퇴근 후에 구갈 공원 그 벤치로 달려갔다. 시간은 7시 30분이었다. 어제는 그 아줌마부대에게 쫓겨났지만 오늘은 다시 그 자리에 남편들과 함께 하기에 든든했다.

"우리 아지트에 오니까 너무너무 기분이 좋다."

"그런데 오늘 또 그 무식한 아줌마들이 나타날지 모르니 여기저기 잘 둘러봐."

"그래, 알겠어."

"담배나 한 대 줘봐."

"여기."

일곱 명의 여자들과 그녀의 남편들은 일제히 담배를 한 대씩 꺼내 입에 물었다. 이들이 담배 한 대를 거의 다 피워가고 있을

쯤, 어제 그 아줌마부대가 천천히 이쪽을 향해 걸어오고 있었다. 열네 명의 남녀혼성팀과 칠십 명의 아줌마부대가 마주보고 섰다. 양측 간에 살벌한 눈빛이 오고갔다. 아줌마부대가 먼저 선방을 날렸다.

"이 시발 것들이 어젠 꽁지가 빠지게 도망치더니 무서워서 남자들까지 끌고 왔네. 이것들이 겁대가리를 상실했나 또 담배를 막 피우네. 니들 오늘 다 죽었어!"

아줌마부대원 중 한 명이 선제공격을 날리자 배희가 얼른 자신의 남편의 옆구리를 꼬집었다. 맞대응하라는 신호였다. 그러자 남편은 눈을 부릅뜨며 한 발 나섰다.

"아주머니들, 내가 남편 되는 사람인데 무슨 이유로 남들이 담배피우는 것까지 간섭하고 시비를 걸고 그럽니까?"

"당신이 이 여자의 남편이야! 참, 자알 한다. 마누라가 밖에서 담배피고 다니면 못하게 해야지 오히려 두둔하고 있어?"

"다 큰 성인이니 알아서 하는 거지 내가 남편이라고 그런 것까지 이래라저래라 할 권리는 없다고 보는데요. 뭐, 아줌마들은 집에서 아저씨 명령대로 꼭두각시로 사는지 모르겠지만…."

남편의 말에 배희의 표정이 확 피었다. 남편이 아줌마들에게 제대로 한 방 먹였기 때문이다. 칠십 명의 아줌마들은 배희 남편의 말에 진심으로 빈정이 상했는지 잠시 할 말을 잃고 무섭게 노려봤다. 하지만 이대로 물러설 수는 없는 법, 더 거친 막말로 반격에 나섰다.

"어휴, 저런 병신 같은 남자를 보겠나! 자기 마누라가 밖에서 담배피고 다니면 두들겨 패서라도 못하게 해야지. 다 큰 성인이니 알아서 사는 거라고? 저렇게 병신 같으니 마누라가 저러고 다니지. 내가 같은 여자이지만 여자들이 밖에서 담배피우고 다니는 건 도저히 이해할 수 없어. 이건 공중도덕에도 안 맞고 시민건강, 국민건강에도 문제고, 남들 보기에도 꼴사납고 역겨워. 그러니 명색이 남편이라면 보호자답게 마누라 간수나 잘해."

"뭐, 병신? 이 아줌마들 정말 미쳤구나! 당신들이 시비할 일이 아닌데 주제도 모르고 이렇게 나대는 걸 보면 미친 게 분명해."

미쳤다는 말에 아줌마들의 얼굴이 완전히 일그러졌다. 서로 한 번씩 심한 욕설이 오고갔다. 일곱 명의 여자들은 이 아줌마부대가 분명 그때 시비를 걸었던 남자들의 사주를 받은 거라고 확신했다. 근거는 이 아줌마들과 그들의 주장이 똑같기 때문이다.

"남자라면 몰라도 무슨 여자가 밖에서 담배를 피우느냐." 바로 이 대목이다. 기간으로 봐도 일치되고, 그 남자들이 배후세력인 게 확실했다. 하지만 지금은 그게 중요한 게 아니라 이 거대한 아줌마부대를 몰아내는 게 시급했다.

칠십 명 아줌마들이 일제히 고함을 지르기 시작했다.

"야아아아아아! 어서 이 구갈공원에서 꺼지란 말이야! 얼른 꺼져!"

이에 질세라 열네 명도 일제히 맞고함을 질렀다.

"야아아아아아! 구갈공원이 당신들 거야? 당신들이야말로 여기서 얼른 꺼져."

"당신들, 어떤 남자들한테 사주 받고 이러는 거지? 솔직히 말해봐."

"사주? 우리가 그런 거 받고 이러는 거 같아? 우리는 네 년들이 기흥구민들의 건강을 해치고, 여자들이 담배 꼬나물고 있는 보기 역겹고 짜증나니까 이러는 거야! 겁나니까 남편들까지 달고 나오고 말이야. 우리가 좋게 말로 경고할 때, 공원에서 사라지면 무사히 돌려보내줄게. 하지만 끝까지 버티면 니들 몸성히 못 돌아갈 줄 알아. 둘 중 하나 선택해!"

칠십 명의 아줌마들이 사나운 얼굴로 잡아먹을 듯 노려보며 협박을 하자 열네 명은 솔직히 두려운 마음이 들었다. 대적하기엔 인원이 너무 많았다. 죽기 살기로 벤치클리어링이 벌어지면 어떻게 될지는 모르지만 그런다고 문제가 풀리는 것도 아니었다. 그렇다고 남자들이 아줌마들에게 겁먹고 순순히 물러설 수도 없었다.

"그래서 우릴 어떻게 할 건데? 남자든 여자든 이곳에서 담배 피우는 것도 자유니까, 당신들이 계속 이런 식으로 행패부리면 경찰에 신고를 할 거야. 그러니 맘대로 해봐."

"경찰에 신고? 그래, 해봐! 해보라고!"

그 말과 함께 칠십 명의 아줌마부대가 일제히 열네 명에게 달려들었다. 삽시간에 아수라장으로 변해버렸다. 심하게 밀고 밀리는 몸싸움이 벌어졌다. 동희의 남편은 재빨리 옆으로 피해 경찰에 신고했다. 정확하게 5분 후에 경찰차가 도착했다.

이 광경을 본 경찰은 매우 놀라는 표정이었다. 저번에도 이 공원 이 벤치에서 흡연문제로 일곱 명의 여자들과 남자들 사이에 다툼이 벌어졌는데 오늘 또 같은 문제가 터졌기 때문이다.

"오늘도 담배문제로 신고가 들어왔는데, 당신들 도대체 왜 그러는 거요?"

"저 아줌마들이 어제도 오늘도 이렇게 나타나서 우리가 담배를 피운다고 행패를 부리잖아요. 빨리 해결 좀 해주세요."

하지만 경찰은 오늘도 저번처럼 술에 술탄 듯 물에 물탄 듯 주의 경고 몇 마디 하고 그냥 가버렸다. 사실 폭행사건이 실제로 일어나지 않았기 때문에 경찰로서도 어쩔 수 없었다. 경찰이 간 후, 칠십 명의 아줌마부대는 벤치 주변을 완전히 점령해버렸다. 열네 명은 물러설 수밖에 없었다.

이들이 물러서자 아줌마들은 자신들의 승리를 확인하고 환호성을 터뜨렸다. 어제는 꽁지가 빠지게 도망쳤고, 오늘은 그냥 물러섰으니 이는 굴복을 의미한다고 생각했다. 하지만 세상의 모든 싸움은 승패가 완전 굳어지진 않는다. 그저 그렇게 보일 뿐이지!

제4부 · 흡연 여학생 전투요원 투입

이들은 이를 박박 갈며 한참을 걸어갔다. 그 아줌마들과 계속 싸워봤자 벤치를 탈환할 수도 없고, 상황을 정리해줄 것을 기대했던 경찰은 속만 더 터지게 만들었다. 어쩔 수 없이 후퇴해야 했던 열네 명의 남녀는 터덜터덜 걷던 걸음을 문득 멈추었다. 그리고 구갈공원 쪽을 눈을 부릅뜨고 노려보았다. 그들의 눈에 담긴 분노의 불꽃은 기필코 응보의 화살을 날리겠다는 의미였다.

정처 없이 걷다보니 어제 그녀들이 들어갔던 신야호프가 나왔다.

"어? 어제 우리가 왔던 호프네! 자기야, 여기서 맥주 한 잔씩 하자."

"그래, 그러자. 속탈 땐 맥주가 최고지."

열네 사람은 신야호프로 우르르 들어갔다. 시원한 맥주를 마시며 다시 구갈공원의 그 벤치를 어떻게 탈환할 것인가에 대해 논의하기 시작했다.

"봤지, 그 아줌마들 말하는 것. 남자들이 담배피우는 건 몰라도 여자들이 그러면 공중도덕 시민건강, 국민건강, 어쩌고 하면서 우릴 공격하는 거. 완전 전형적인 정치하는 새끼들과 똑같은 전법이야. 말끝마다 그 놈의 공중도덕, 시민건강, 국민건강! 지들이 언제부터 국민건강에 그렇게 관심이 많았어? 그냥 쇼하는 거지! 에잇, 재수 없는 것들."

"그 아줌마들 행동하고 정치하는 사람들의 행동이 뭐가 똑같은데…?"

조배희의 말에 흡연여성 7인방 중, 최고참이자 현재 청렴맑은 당에서 미래의 국회의원을 꿈꾸는 선동희가 발끈했다. 지금은 구갈공원 그 벤치를 탈환하는 것에만 집중해야 하는데, 배희의 말은 어깃장을 놓는 것처럼 들렸기 때문이다. 그리고 그 아줌마 부대의 행동과 정치인들을 동일시하는 게 못마땅했다. 아직 국회의원은 아니지만 언젠간 국회의원이 될 것이고, 그래서 당원으로써 열심히 정당 활동을 하고 있기 때문이다.

사실 배희의 말이 틀린 건 아니다. 그러나 동희는 극단적 편협성을 여지없이 발휘하며 정치집단을 옹호하고 나섰다. 자기도 그쪽에 몸을 담고 있으니 현재 배희가 한 그 말이 왠지 자신을 두고 한 말이라는 생각이 들어서다.

이렇듯 인간이란 말의 본뜻은 깊게 생각하지 않고 그냥 듣기에 조그마한 불쾌감만 있어도 민감해져 버린다. 전형적인 소인배의 행동이라 보겠다. 구갈공원 그 벤치를 탈환하는 데 전력을 쏟아 토의를 해도 모자를 판에 아주 사소한 일로 두 여자 사이에 실랑이가 벌어지려고 했다.

눈치 빠른 강촌대 경찰행정학과 교수인 이호수와 강초대 의류학과 교수인 최은지가 중재에 나섰다.

"지금 우리는 힘을 합쳐 구갈공원 그 벤치를 다시 되찾는 게 중요하지, 그런 구태의연한 표현가지고 서로 기분 상하면 되겠어? 자자, 본질에 집중합시다."

"저기 말이야, 우리 대학 의류학과에 담배피우는 여학생들 많거든? 내가 다 끌어 모아서 우리 우군으로 만들면 수적으로 딸리지 않을 것 같은데. 어때?"

"너무 좋은 방법이다! 우리가 아는 여학생들을 최대한 끌어 모아서 그 아줌마부대와 맞붙게 하는 거지."

"그래, 우리와 전혀 관련 없는 것처럼 우리는 쏙 빠지는 거지."

"그 아줌마들 칠십 명은 넘어 보이던데, 우리는 그보다 더 많은 흡연 여학생 전투요원들을 침투시키는 거야!"

"오케이바리! 하하하하하!"

최은지가 내놓은 솔깃한 제안에 다들 환호성을 지르며 박수를 쳤다. 이호수와 최은지, 두 명의 여교수는 자신들의 과에서 담배

피우는 여학생들을 설득하여 구갈공원 벤치에 전투요원으로 침투시키겠다고 호언장담했다.

"내일 학교로 출근하자마자 각자 담배피우는 여학생들 오십 명씩만 확보하자. 그럼 두 학교 합치면 백 명이니까 그 정도면 그 아줌마들과 맞장 뜰만 할 거야. 안 그래? 호수야?"

"완전 흡연여성 정예특수부대원이지!"

신야호프에서 벌어진 대화의 결론은 강촌대 경찰행정학과 교수 이호수와 강초대 의류학과 교수 최은지, 두 사람이 자신들의 대학에서 흡연 여학생들을 최대한 끌어 모아 이틀간 난동을 부렸던 아줌마부대와 맞서게 한다는 것이었다.

난동을 부린 세력이 아줌마들이기에 역으로 남자들을 끌어 모으면 더 좋긴 하지만, 그런 역할을 선뜻 하겠다고 나서는 남자들이 없고, 더 중요한 건 남자들을 모았다 하더라도 남자들이 그 벤치에서 담배를 피우면 그 아줌마들은 문제 삼지 않을 게 뻔했다. 즉, 접전이 일어날 요인으로 남자들은 부적격이었다. 여자들이 담배를 피워서 아줌마들과 맞붙을 수 있고, 그래야 응보화살을 날릴 수 있었다. 아줌마들의 거센 반발을 그보다 더 많은 수의 여자들로 응징해버리는 것이다.

어쨌든 최종 목표는 기필코 구갈공원 그 벤치를 탈환하여 그곳에서 평화롭게 담배를 피웠던 그 시절로 돌아가는 것이다. 이렇듯 그 벤치에서 담배를 피우고야 말겠다는 일곱 여자의 계략과 집념은 정말 하늘을 찌를 정도로 높고 집요했다. 물론 아줌마들을 앞세워 여성흡연을 저지하겠다는 일곱 남자의 집념도 하늘을 찌르기는 마찬가지일 것이다.

일곱 명의 여성흡연자들과 그것에 반발하는 일곱 명의 여성흡연저지 남성들 간에 각자의 대리인을 내세운 싸움이 치열해지고 있는 형국이었다. 앞으로 어느 세력이 승리의 잔을 들지 지금으로선 가늠할 수 없었다.

두 여자 교수는 다음날 학교에 출근하자마자 자신의 과든 다른 과든 흡연 여학생들을 포섭하기 시작했다. 강초대 의류학과 교수 최은지는 평소 친하게 지내는 여학생들에게 담배피우는 여학생 오십 명만 확보하라고 지시를 내렸다. 여학생들은 자신이 아는 담배 피우는 여학생 오십 명을 채 1시간도 걸리지 않아 모두 확보했다.

강촌대 경찰행정과 교수 이호수도 코드가 잘 맞는 여학생들에게 부탁해서 담배피우는 여학생 오십 명만 확보하라는 명령을 내렸다. 명령을 받은 여학생들은 자신이 아는 담배피우는 여학생들을 오십 명을 채 30분도 안 되어 모두 확보했다.

이렇듯 삽시간에 두 대학에서 두 교수는 담배피우는 여학생 백 명을 확보했다. 너무 기쁜 최은지는 이호수에게 전화를 걸었다.

"호수야, 우리 학교에서 오십 명을 확보하는 데 성공했어."

"잘됐다! 나도 우리 학교에서 방금 전에 오십 명을 확보했어. 나이스 샷!"

"이따가 신야호프에서 만나자. 내가 그 전에 전화할게."

"그래, 알겠어."

어제 모였던 열네 명의 남녀는 다시 신야호프에서 만났다.

"우리 학교 여학생들 오십 명을 확보했어."

"나도 미션 완료했어. 우리 학교는 더 많은 여학생들이 협조하겠다고 나섰는데, 그 정도에서 끊었지."

"이제 우리는 그 아줌마부대들보다 더 많은 인원을 확보했으니 제대로 한 번 붙을 만하네."

"내일이 토요일이니까 그 여학생 전투요원들 백 명을 구갈공원에 전격적으로 투입하는 거야! 그러면 아줌마들이 또 나타나서 여자들이 담배를 피운다고 또 난리를 칠거야. 그때 우리 여학생 전투요원들이 당당히 맞서 맞장을 뜨는 거지."

"내일 오전에 그 여학생들에게 구갈공원 약도와 저녁 6시까지 그 벤치로 모이라고 문자를 날리자."

"그래, 하루라도 빨리 그 벤치를 탈환하기 위해선 그렇게 해야지!"

"그런 의미에서 다 함께 브라보!"

"하하하! 히히히!"

날이 밝자, 두 교수는 제자이자 주장 격인 여학생 둘에게 오후

6시까지 구갈공원에 모이라는 문자를 여학생 전투요원들에게 보내라는 지시를 내렸다. 문자를 받은 백 명의 여학생들이 오후 6시에 벤치로 몰려들기 시작했다. 어제 두 교수는 주장격인 여학생에게 자세한 상황설명을 해주었다. 그 벤치에서 밀려난 이유와 백 명의 여학생 전투요원들이 해야 할 임무 같은 것에 대해서다.

백 명의 여학생 전투요원들은 나이가 어려서 그런지 혈기가 왕성하고 패기가 하늘을 두 쪽 내어버릴 정도였다. 이들은 남자는 길거리에서 담배를 피워도 괜찮지만 여자가 그러면 이상하게 쳐다보는 인간들에 대한 엄청난 불만과 불쾌감을 가지고 있었다. 그러니 일곱 명의 여자들이 당한 일이 내 일처럼 느껴지고, 그래서 행패를 부린 아줌마들에 대한 분노로 들끓었다. 더군다나 일곱 명의 여자들 중에 자신들의 스승도 포함되어 있기에 반드시 그 아줌마들을 응징해야 한다는 사명감도 있었다.

여학생 전투요원들이 벤치에 모여들 시간에 일곱 명의 여자는 먼발치에서 지켜보고 있었다. 아줌마부대를 맞아 여학생들이 얼마나 분전하는지 궁금해서다.

오후 6시가 되자 여학생 전투요원 백 명은 일제히 호주머니에서 담배를 꺼내 한 대씩 입에 물고 불을 붙였다. 그 벤치를 사방으로 둘러싼 상태에서 그녀들의 담배연기는 아무런 신분의 거리낌이 없었다. 백 명의 여학생들의 담배연기는 왜 이 나라에는 담배연기도 신분이 있느냐는 무언의 항변이었다. 한 사람, 두 사람, 아주 거세고 더욱 강렬하게 힘을 주어 하늘을 향해 담배연기를 내뿜었다. 마치 한겨울 밤의 모닥불 같았다.

일곱 명의 여자들의 예상대로 몇 분이 지나자 여성흡연 안티 세력인 칠십 명의 아줌마부대가 나타나기 시작했다. 아줌마부대는 엊그제 저녁 때 이곳에서 격돌이 있었기에 혹시 오늘도 올지 모른다는 생각에 점검 차 나왔는데 예상대로 나타난 것이다.

그런데 벤치 부근에는 자신들보다 훨씬 더 많은 젊은 여자들이 담배를 피우고 있는 것이 아닌가. 아줌마들은 당혹감에 휩싸였다.

"아, 아니 저게 뭐야? 왜 저렇게 많은 젊은 여자들이 저기에서 담배를 쪽쪽 빨고 있지."

"저것들, 엊그제 그 년들이 시켜서 나온 것 같아. 분명해."

"그럼 그냥 가만두면 안 되지. 쳐들어가 다 쫓아내야지."

"하지만 우리보다 인원이 더 많아 보이는데…?"

"야, 그런 것까지 신경 쓰냐? 그냥 얼른 쳐들어가자고…."

"그래, 가만둘 순 없지. 쳐들어가서 다 부숴버리자."

칠십 명의 아줌마부대는 일제히 여학생 전투요원들이 모여서 담배를 피우고 있는 벤치를 향해 마구잡이로 달려갔다. 아줌마 떼를 보고 여학생 전투요원들은 조금 당황했지만 이미 계획을 다 들은 상태라 의연히 맞서는 자세를 견지했다.

일촉즉발 상황이 벌어졌다. 먼저 공격을 가한 측은 아줌마부대였다.

"야, 어린 것들이 여기서 뭐하는 짓이야? 어디 어린년들이 공공장소에서 담배를 피워 대냐고 지랄이야. 어서 끄지 못해! 버릇 없는 년들."

하지만 여학생 전투요원들은 조금의 동요 없이 당당히 담배를 입에 물고 힘차게 공중으로 담배연기를 내뿜었다.

"왜 그래요, 아줌마? 같은 여자이면서 여자가 담배피우는 것에 시비 건다는 건 참…. 이 딱한 아줌마들아, 남자들에게 그렇게 짓밟히고도 같은 여성들끼리 이래도 되는 거야? 이 시발 것들아"

"뭐어…? 이 어린년들이 어른한테 말하는 꼬라지 보소. 니들 오늘 우리한테 죽었어! 남자들이 담배피우는 건 몰라도 무슨 세 집애들이 이런 곳에서 연기를 팍팍 내뿜어! 이 깡패 같은 년들, 오늘 뜨거운 맛 좀 제대로 보여주마!"

서로 험한 말들이 한 번씩 오고가더니 먼저 아줌마부대가 일제히 달려들기 시작했다. 이에 여학생 전투요원들도 피하지 않고 그대로 맞부딪쳤다. 칠십 명의 아줌마와 백 명의 여학생이 서로 얽히고설키는 대규모의 벤치 클리어링이 벌어졌다. 야구경기에서의 빈볼 시비 났을 때에 비할 게 아니었다. 양측에서 심한 고성이 오고갔다.

"니들이 남자야? 남자도 아닌 계집애들이 어디서 연기를 쪽쪽 빨아! 이런 날라리 같은 년들아!"

"여자로 태어난 것도 분한데, 같은 여자들이 남자 편이나 들고 있어? 그래, 한 번 해보자! 이 늙은 년들아!"

"저 년들 담배 못 피우게 뺏어버려!"

"놔! 이씨, 담뱃불로 확 지져버릴라!"

아줌마들은 여학생들의 손에 있는 담배를 빼앗으려고 달려들었다. 여학생들은 담배를 안 뺏기려고 아줌마들의 머리채를 움켜잡았다. 숫자도 적은데다 젊은 피를 이기기엔 아줌마들은 역부족이었다. 삽시간에 전세는 역전되어 아줌마들은 여학생들의 힘에 눌려 하나둘씩 쓰러졌다.

먼발치에서 이 전투를 지켜보던 일곱 명의 남자는 상황이 불리해지자 안타까워서 방방 뛰었다. 마찬가지로 다른 한 쪽에서 상황의 예의주시하던 일곱 명의 여자들은 희희낙락했다. 아줌마 부대가 추풍낙엽처럼 쓰러지는 걸 보고 여자들은 환호성을 터뜨렸다.

"그래, 그래, 잘 한다! 예쁜 우리 학생들, 힘내라!"

"더 세게 눌러버려. 파이팅!"

일곱 명의 여자와 달리 패색이 짙어가는 걸 지켜보던 일곱 명의 남자들은 침통한 표정을 지었다. 당장이라도 전투에 참가해서 저 여학생들을 패대기치고 싶었다. 야구경기에서 벤치 클리어링이 벌어지면 코치들도 다 뛰쳐나오지 않는가. 하지만 지금 그럴 수 없는 상황이었다. 자신들이 아줌마부대의 배후세력이란 걸 들켜서는 안 되기 때문이었다.

그런데 뜻밖의 일이 일어났다. 일곱 명의 남자들 중에 한 명이 속 타는 마음에 담배를 피우며 공원 외곽으로 이리저리 돌다가 일곱 명의 여자들이 여학생들을 응원하는 소리를 우연히 듣게 되었다. 그 남자는 그 여자들이 전에 싸웠던 여자들이라는 걸 깨닫고 재빨리 자신의 동료들에게 알렸다.

"인철아, 저기 저 쪽에 그때 그 미친년들이 모여서 저 여자애들을 응원하고 있어."

"뭐야? 그 년들이 왔단 말이야? 역시 우리 예상이 맞았어! 왜 갑자기 여자애들이 떼거지로 왔나 했더니, 역시 그 년들 짓이었군."

"가서 저것들을 두드려 패버릴까?"

"그래, 가자!"

이때 남자들 중 최고참인 동찬이 동생들의 행동에 제동을 걸고 나섰다.

"참아, 참아. 우리가 아줌마들의 배후세력이란 것이 알려지면 좋을 게 하나도 없어. 지금은 몸을 숨겨야 할 때야. 그러니 그냥 가만히 있어."

"아냐, 형. 어차피 저 년들도 우리가 저 아줌마들 배후인 걸 다 알고 있을 거라고. 그러니 더 생각할 것 없이 가서 혼을 내주자. 지금 저것들은 여자애들이 아줌마들을 이겼다고 방심하고 있을 게 분명해. 이것저것 생각하지 말고 확 공격해버리자.”

“그게 더 나을까?”

“저 년들 좋아하는 꼴을 두고 볼 수는 없잖아, 형!”

“그래, 그렇게 하자.”

전투력이 상승한 일곱 명의 남자는 여자들을 향해 뛰어갔다. 금세 여자들이 있는 곳에 다다랐다.

“야, 이 년들아! 니들이 저 여자애들 뒤에서 조종한 것 다 알아. 이 비겁한 것들아!”

너무도 뻔뻔스런 적반하장에 일곱 명의 여자는 어이가 없어 잠시 할 말을 잊었다. 뒤에서 조종한 건 피차 마찬가지인데 비겁하다니….

“뭐, 우리가 비겁하다고? 니들이 먼저 저 아줌마들 동원해서 우릴 몰아내려고 꼼수 썼잖아. 이 비겁한 자식들아!”

양측 다 비겁하게 뒤에서 조종하여 다른 사람들을 이용한 건 마찬가지면서 서로를 비겁하다고 욕했다. 도대체 구갈공원 그 벤치가 뭐라고 서로 차지하려고 혈안이 되는 것인지. 남자들 측에선 자기들 주변에서 여자들이 담배를 피우는 게 역겹고 짜증 나서 몰아내려는 것이고, 여자들은 자신들이 좋아하는 장소에서 담배를 피우고 싶은데 자꾸 남자들이 시비를 거는 게 역겹고 짜증나서 맞대응을 하는 것이다.

결국 이번 달 초, 그 벤치에서 최초로 격돌했던 일곱 명의 남자와 일곱 명의 여자는 앞잡이를 내세워 서로를 공격하다가 오늘 다시 격돌하게 되었다. 그 당시엔 남자들이 만취한 상태라 여자들은 스탬핑 공격을 날려 손쉽게 이길 수 있었지만 오늘은 남자들이 술에 취한 상태가 아니었다. 여자들은 안 되겠다 싶어 재빨리 여학생 전투요원과 아줌마부대가 격돌하고 있는 곳으로 도망쳤다. 여학생들에게 협조를 구할 생각에서다.

"야, 우리 힘으론 안 되니까 빨리 저쪽으로 도망쳐. 어서!"

"알았어."

일곱 명의 여자들이 도망치자 일곱 명의 남자들이 그 뒤를 쫓아갔다.

"저년들이 도망간다. 빨리 잡아!"

죽을힘을 다해 달려 여학생들이 있는 곳에 다다른 여자들은 황급히 구원요청을 했다.

"얘들아! 그 남자들이 다른 쪽에 숨어 있다가 우리를 쫓아왔어."

"네에?"

한참 격전을 벌이고 있던 여학생들은 여자들의 구원요청에 깜짝 놀랐다. 여자들의 말대로 일곱 명의 남자들이 이쪽을 향해 달려오고 있었다. 여학생들은 뒤쫓아 온 남자들을 잡아먹을 듯이 노려봤다.

"니들이 우리 교수님에게 담배 피운다고 행패 부렸어?"

"이것들 봐라! 니들? 이 년들아, 니들은 애비 어미도 없냐? 계집애들이 길거리에서 담배나 피워대고. 그러지 못하게 하면 고분고분 말을 들어야지! 어디서 막 대들어!"

여학생들과 일곱 명의 남자가 맞서고 있을 때, 동희는 급히 열네 명의 카톡방에 구원요청을 했다. 이런 사태가 벌어질지 전혀 예상을 못했기에 남편들은 함께 오지 않았다.

동희의 카톡을 본 남편들은 쏜살같이 달려왔다. 남편들의 등장으로 일곱 명의 여자들도 어느 정도 힘의 기울기를 맞췄다.

"이 남자들이야? 담배 피우는데 행패부린 놈들이?"

"응, 이놈들이야."

칠십 명의 아줌마부대도 여학생들에게 수적으로 밀리는데다 배후세력인 일곱 명의 남자들도 일곱 명의 여자들 남편의 등장으로 전체적으로 밀리는 상황이 되었다. 남편들은 곧바로 일곱 명의 남자들과 벤치 클리어링에 들어갔다.

"우리 와이프가 담배를 피든 말든 니들이 뭔데 시비냐고? 니들이나 똑바로 살아!"

"어어어, 이것들이 밀어? 으으으으윽!"

남편들이 일곱 명의 남자와 격돌을 벌이자, 일곱 명의 여자도 합세하여 밀고 뜯고 공격을 퍼부었다. 한편에선 백 명의 여학생들이 칠십 명의 아줌마들과 밀고 뜯으며 실랑이를 벌이고 있었다. 수적우위를 점한 흡연여성 세력이 압도하는 상황이었다. 반대 세력들은 계속 밀리자 그 중 한 사람이 도저히 안 되겠는지 큰소리로 후퇴 명령을 내렸다.

"우리 흡연여성타도협회 아줌마부대 여러분, 일단 후퇴합시다! 빨리 후퇴해요!"

"알았어요."

"그래요."

결국 배후세력인 일곱 명의 남자와 흡연여성타도협회 아줌마부대 칠십 명은 쏜살같이 도망치기 시작했다. 그들이 모두 물러간 후, 흡연여성 세력은 자신들의 승리를 기뻐하며 우레와 같은 함성을 질렀다.

"빠챠챠 아아아! 빠샤샤 아아아아! 와싸싸 아아아아!"

여기저기에서 함성이 쏟아졌다.

"우리 여성들의 담배피우기 운동과 이곳 구갈공원 벤치를 되찾는 가슴 벅찬 순간입니다. 최근 우리가 담배 피우는 것에 시비를 거는 황당한 집단으로 인해 얼마나 마음고생이 많았습니까? 이제야 성공을 거두는 정말 뜻깊고 영광스런 시간입니다. 여러분, 우리의 아지트인 이 벤치를 되찾은 것을 축하하며 한 번 더 아주 크게 소리 질러봅시다."

"빠챠챠! 아아아아! 빠샤샤 아아아아! 와싸싸 아아아아!"

여기저기에서 울려 퍼지는 백 명의 여학생 전투요원들의 함성 소리.

이들은 이곳 구갈공원 그 벤치를 탈환한 기쁨을 감추지 못하고 일제히 담배 한 대씩 꺼내어 입에 물었다. 배후세력인 일곱 명의 여성 중 최고참인 선동희는 아주 크게 구호를 외쳤다.

"자아, 우리의 힘과 저력으로 저 무식한 무법자 집단을 몰아내고 이 벤치에 앉아 담배를 피우게 됐습니다. 여러분, 기쁘시죠? 그럼 아주 크게 함성을 지르면서 담배 한 대 피웁시다!"

"네, 좋아요!"

배후세력 여자들과 그 남편들, 그리고 여학생 전투요원 백 명은 그 벤치 주위를 점령하고 기쁨의 담배를 피워댔다. 114개의 하얀 승리의 연기가 하늘로 치솟아 올랐다. 마치 한 겨울 밤의 하얀 안개꽃 같았다.

한편, 인해전술에 밀려 후퇴한 흡연여성타도협회 아줌마부대는 주변의 호키아파트 놀이터에 다시 집결했다. 배후세력인 남자들까지 칠십칠 명이었다. 사실 칠십칠 명으로 백십사 명을 상대하기엔 무리일 수밖에 없었다.

흡연여성타도협회 회원들은 놀이터에서 자신들이 싸움에서 진 것에 분함과 울분을 토로했다.

"으으, 분하고 원통하다! 우리의 최대 지상낙원인 구갈공원 그 벤치를 그런 년들에게 뺏기다니…. 그곳은 우리가 늘 편안하게 담배를 피우던 아지트였는데 그 미친년들이 차지해버리다니…."

"그 벤치를 뺏겨 그년들이 그곳에서 담배를 피우게 되었다는 게 분하기 그지없습니다. 세상에 여자들이 밖에서 담배를 피우는 게 있을 수 있는 일입니까? 우리 다시 힘을 모아 그 벤치를 탈환하여 그곳에서 즐겁게 담배피울 수 있는 날이 오기만 바랄 뿐입니다. 으으윽! 분하고 분하다."

이들은 참담함을 억누르지 못하고 호키아파트 주변에 있는 마트에 들어가 아이스크림 77개를 사왔다. 남자들이 사온 아이스크림을 칠십 명의 아줌마들은 맛있게 먹기 시작했다.

"아아, 아이스크림이 참 맛있네요."

아이스크림을 다 먹은 일곱 명의 남자는 자신들에게 패배의 쓴잔을 제공한 일곱 여자에 대한 복수의 칼날을 갈며 담배를 한 대씩 피우기 시작했다.

"휴우~, 한 번 두고 보자! 우리의 휴식공간을 빼앗아간 것들은 그에 맞는 합당한 벌을 받게 될 거야!"

"아무렴!"

그때 동찬과 혁수의 부인들이 아줌마들을 선동하기 시작했다.

"부녀회원 여러분, 아까 본 그 일곱 명의 여자가 그 벤치에서 담배를 피우려는 년들입니다. 그래서 그 많은 여자애들을 투입시킨 것이고요. 오늘은 우리가 수적으로 밀려 이렇게 후퇴했지만 여기서 주저앉을 순 없잖아요? 그년이 계속 그 벤치에서 담배를 피워댈 텐데 막아야하지 않겠습니까? 여러분 생각은 어떻습니까?"

"맞아요, 맞아. 우리 동네에 구갈공원이 있다는 게 얼마나 좋은 일이에요. 많은 사람들이 힘들 때 가서 쉴 수 있는 아름다운 곳이잖아요. 그런데 그년들이 담배를 피우는 바람에 공원 이미지가 완전 개판이 되어버렸어요. 저도 같은 여자지만 어떻게 여자들이 밖에서 담배를 피우는지 도무지 이해할 수 없어요. 이건 절대로 안 되는 일이지요."

"그래요. 맞는 말씀입니다."

일곱 명의 남자는 그 여자들을 성토하는 아줌마부대의 말에 흐뭇한 미소를 지으며 한 대씩 더 피워 물었다.

"회원님들의 말씀을 들으니 곧 우리가 그 벤치를 되찾겠다는 생각이 들어 너무 기분이 좋습니다. 하루빨리 저희가 구갈공원의 그 벤치에서 마음 놓고 담배피울 수 있는 날이 오길 기다립니다. 정말 그렇게만 된다면 저희가 여러분들에게 크게 한턱 쏘겠습니다. 하하하!"

"너무 걱정 마세요. 우리가 똘똘 뭉쳐 그년들을 완전히 몰아낼 테니까요. 남자 분들이 마음 편히 그 벤치에서 담배피울 수 있도록 확실하게 돕겠습니다. 그런 의미에서 파이팅!"

그러다가 동찬와 혁수의 부인들이 아이디어 하나를 냈다.

"여러분, 아까 겪어봐서 알겠지만 우리가 수적으로 밀려서 그 여자들에게 일방적으로 당하지 않았습니까? 그래서 말인데, 우리도 그 여자들보다 더 많은 세를 불려 수적으로 밀어버리면 되지 않을까요? 그럼 어떻게 하면 좋을까요?"

"우리 남편들을 끌어들이면 어떨까요? 그럼 칠십 명은 더 확보할 수 있잖아요."

"바로 그겁니다. 우리 남편들을 이 투쟁에 동참시키는 거지요. 하하하!"

제5부 · 흡연여성타도협회의 반격

놀이터에서 자신들의 남편들을 끌어들인다는 복안을 세운 아줌마부대 회원들은 집에 들어가자마자 남편들을 회유하기 시작했다.

"여보, 내가 오늘 구갈공원에서 담배피우는 여자들 때문에 엄청 열 받았어. 세상에 여자들이, 그것도 집단으로 담배를 피우는 거야."

"뭐? 여자들이 공원에서 담배를 피워? 세상 말세다, 말세야."

동찬과 혁수의 아내들을 제외한 육십팔 명의 아내에게 구갈공원에서 있었던 일들을 들은 육십팔 명의 남편들은 매우 놀라며 격분했다. 남편들이 그 여자들에 대해 못마땅해 하는 걸 확인한 아내들은 속내를 드러내기 시작했다.

"당신도 열 받지? 그래서 우리가 최근에 흡연여성타도협회를 결성했거든. 당신도 우리 협회에 가입해서 좀 도와줘. 그곳에서 여자들이 담배를 못 피우도록 말이야."

"알았어. 어디 여자들이 시건방지게 대놓고 담배를 피운단 말이야. 보이지 않게 숨어서 그러는 건 몰라도. 그런 여자들은 따끔하게 혼을 내야지! 내가 도와줄 테니까 걱정 마."

육십팔 명의 남편들은 부인들의 요청에 적극적으로 협력하기로 약속했다. 남편들의 약속을 받은 부인들은 각자의 집에서 환호성을 터뜨렸다. 이로써 이날 밤을 기해 흡연여성타도협회는 회원 수가 순식간에 백사십구 명으로 늘어났다.

오늘은 칠십칠 명으로 백십사 명에게 수적으로 밀렸지만, 남편들 육십팔 명이 합세하기로 했으니 내일부턴 한 번 붙어볼 만할 것이다. 불어난 세력으로 내일 그 벤치를 완전히 점령해서 승리의 깃발을 꽂을 것을 상상하며 흡연여성타도협회 아줌마부대원들은 꿈나라로 들어갔다. 이들은 꿈나라에서 그 싸가지 없는 여자들을 벤치에서 몰아내고 일곱 명의 남자가 그곳에 앉아 편안하게 담배를 피우는 모습을 보았다. 아침에 즐거운 꿈에서 깨자마자 남편들을 포섭한 육십팔 명의 아내들은 이 사실을 동찬과 혁수의 아내에게 전화로 알렸다.

"어젯밤에 저희 남편이 우리 협회에 가입해서 그 여자들을 타도하는 데 협조하겠다고 약속어요."

"어머, 너무 기쁜 소식이네요. 그럼 저녁 6시에 남편분과 함께 어제 그 호키아파트 옆 놀이터에서 만나기로 해요. 저희 집에서 다 모이면 좋겠지만 남편 분들까지 모시기엔 장소가 너무 협소한 것 같아서요. 괜찮으시죠?"

"아유, 그럼요. 그럼 6시에 그곳에서 뵈어요."

33평의 빌라에 백사십오 명의 인원이 모이는 건 불가능한 일이었다. 그래서 동찬의 부인은 춥더라도 약속장소를 놀이터로 정했다. 저녁 6시가 되자 무려 백사십오 명이나 되는 대규모 인원이 호키아파트 옆 놀이터로 모여들었다. 두 배로 숫자가 불어난 흡연여성타도협회 회원들은 추운 날씨에도 불구하고 그 여자들이 구갈공원 벤치에서 담배를 피우지 못하도록 하겠다는 목표로 똘똘 뭉쳤다. 육십팔 명의 남편들이 가세하면서 확실히 수적 우위를 점하게 되었으니 흡연여성들을 타도하기에 부족함이 없다고 판단했다.

동찬이 말한다.

"여러분, 저쪽에 있는 화란갈비로 갑시다. 오늘 제가 대접하겠습니다."

동찬이 이토록 지극정성인 까닭은 자신과 동생들이 다시 구갈공원 그 벤치에 마음 편히 앉아서 담소를 나누며 담배를 필 수 있는 그 날이 오기를 고대하기 때문이다. 그래서 며칠 전에 자신의 집에서 흡연여성타도협회를 창립하며 긴급대책회의를 열 때도 특별히 회장이나 총무 같은 직책을 뽑지 않았다. 이 역사적인 과업을 이루는데 위아래 따지지 않고 모두가 혼연일체로 싸워야 한다는 생각 때문이었다.

동찬은 백사십오 명의 식대를 다 지불했다. 얼마나 구갈공원 그 벤치를 되찾고 싶었으면, 또 여자들이 담배를 피우는 꼴을 보기 싫었으면 이렇게까지 할 수 있단 말인가.

인원이 두 배로 불어난 이들은 이젠 그 여학생 흡연세력들을 무찌를 수 있으리라 판단했다. 식사를 마친 이들은 모두 쓰나미처럼 그 벤치로 몰려갔다. 그런데 이미 그곳은 여학생 흡연세력으로 채워져 있었다.

"이것들이 어제 지들이 이겼다고 눈에 보이는 게 없나. 어제 니들이 이겼다고 완전히 끝났다고 생각하는가 본데, 오늘은 우리 남편들까지 더 추가됐다. 이것들아. 니들은 이제 끝났어, 하하하!"

아줌마부대는 구갈공원 그 벤치에 점점 가까이 다다르자, 양측은 서로 시야에 들어오기 시작했다. 백사십오 명의 흡연여성타도협회 혼성부대는 인해전술로 밀고 들어갔다.

"이것들 밀어버려. 밀어내!"

"더 세게 밀어버리라고!"

여학생 흡연세력 백십사 명은 무려 삼십 명이나 더 적은 수적 열세를 이겨내지 못하고 속절없이 밀려버렸다. 어제와 정반대 현상이 벌어진 것이었다.

"야, 저년들 하나도 남기지 말고 다 밀어내버려!"

"밀어버려! 그리고 벤치를 점령해! 이 벤치 우리 것이다. 와아아아아아아아!"

백십사 명의 여학생 흡연세력은 어떻게든 그 벤치에서 밀려나지 않으려고 몸부림쳤지만 저쪽 아줌마부대는 전체 회원이 백사십오 명이고, 그 중에서 남자 회원이 무려 칠십오 명이나 되었다. 그에 비해 백십사 명의 여학생 흡연세력은 남자 회원이 일곱 명밖에 안되기에 힘에서 완전 열세였다. 결국 안 되겠다 싶은 그들은 도망치기 시작했다. 너무 정신없이 도망치는 바람에 일행들을 돌아볼 상황이 아니었다.

그래서 불상사가 일어나고 말았다. 여학생 흡연세력 중에서 두 명이 도망치다가 넘어져서 아줌마부대에게 포위되고 말았다.

"이 년들, 이리와!"

"헉, 어쩌지….."

포로로 잡힌 여학생 두 명은 빠져나가려고 몸부림쳤지만 쉽지 않았다.

"너희들 오늘 정신교육 좀 받아야겠다. 아니면 좀 두들겨 맞던가."

"사, 살려주세요."

"우리가 묻는 대로 솔직히 대답하면 살려줄 수도 있지. 일단 이리와 앉아."

포로로 잡힌 여학생 둘은 흡연여성타도협회 백사십오 명의 회원들에게 완전히 감금되어버렸다. 시간은 밤 8시가 넘어가고 있었다. 고문이 시작됐다.

"너희들, 그 여자들 일곱 명이 여기서 담배를 피우라고 시켰지?"

"……."

포로들이 아무 말을 안 하자, 아줌마부대원들은 때릴 듯한 몸짓을 취했다.

"빨리 대답 안 해. 그렇잖아?"

"아, 아닌데요."

포로들이 솔직하게 대답을 안 하자, 아줌마부대원 중 한 명이 귀싸대기를 한 대 후려쳤다. 얼마나 세게 때렸는지 그 여학생이 비틀거렸다.

"어제 우리 교수님 어쩌고저쩌고 하던데, 그 여자들 교수야? 그래서 시키는 대로 한 거야? 솔직히 말하면 더 안 때리고, 이렇게 계속 아니라고 하면 진짜 맞는다."

백사십오 명의 거대한 인원들에게 둘러싸여 계속 위협을 당하자 결국 포로들은 입을 열고야 말았다.

"맞아요. 그 여자 분들이 시키는 대로 한 거예요. 그 중에 저희 학교 교수님도 계세요."

"어느 대학인데?"

"강촌대학이요."

"강초대학이요."

"뭐야, 교수라는 사람들이 여학생들에게 담배피우라고 뒤에서 코치를 했단 말이야? 이런 쓰레기 같은 것들!"

추위에 떨며 계속 위협을 당하다보니 겁에 질린 포로들이 자신도 모르게 엄청난 실수를 하고 말았다. 자신들의 학교 명칭을 말해버린 것이다. 자연스럽게 일곱 명의 여자 중에서 자신들의 대학 교수가 있다는 게 알려지고 말았다. 약점이 잡힌 셈이다. 아줌마부대원들은 포로들의 볼을 잡고 흔들며 훈계했다.

"좋아! 우리가 묻는 대로 순순히 대답했으니 약속대로 풀어줄게. 강촌대, 강초대라고 했지? 하하하! 가서 그 여자들한테 전해. 이 벤치엔 얼씬도 하지 말라고! 알았어?"

"알았어요."

"그래, 그만 가봐."

밤 8시 30분이 넘어서야 포로 둘은 백사십오 명의 흡연여성타도협회 회원들로부터 풀려났다. 그 시간, 아줌마부대에게 추풍낙엽으로 밀려났던 여학생 흡연세력은 만골근린공원으로 피신해서 인원점검 하고 있었다. 그때서야 두 명이 없다는 것을 확인됐다.

"총 백십사 명인데 현재 백십이 명이야. 이게 어떻게 된 거야? 애들 지금 어디에 있는 거야?"

흡연여성 세력의 총책임자인 선동희는 당황스러워 큰소리로 그녀들을 찾았다. 그러나 끝내 그녀들을 찾을 수 없었다. 사실, 흡연여성 세력도 지도부를 뽑지 않고 집단지도체제로 운영하고 있었다. 상하구분을 짓지 않고 혼연일체가 되어야한다는 취지는 흡연여성타도협회와 같았다.

그러나 예전부터 일곱 명의 여자들이 몰려다니며 담배를 피울 때 연장자인 선동희가 우두머리 격이었으니 이들 단체의 회장이라고 봐도 무방할 것이다. 동희는 없어진 두 명에게 전화를 걸었다. 하지만 받지 않았다.

"선동희 의원님, 다시 구갈공원으로 가봅시다. 그래야할 것 같아요."

"그래, 빨리 가보자."

백십두 명은 없어진 두 명을 찾기 위해 다시 구갈공원으로 달려갔다. 10분 남짓 떨어진 그곳에 도착하니 아무도 보이지 않았다. 적군들은 이미 다 떠난 후였다. 벤치 주변을 둘러보니 수많은 담배꽁초들뿐이었다.

"혹시 그것들에게 잡혀간 게 아냐? 왠지 불길한 느낌이 들어. 그러지 않고서야 안 보일 리가 없잖아. 전화도 받지 않고 말이야."

"그러면 큰일인데…."

"그것들이 애들을 잡아갔을지 몰라. 그러니 그것들이 어디로 갔는지 빨리 수색해봐."

백십두 명의 흡연세력들이 백사십오 명의 아줌마부대를 찾아 나서려는 순간, 강초대 교수 최은지와 강촌대 교수 이호수에게 메시지가 왔다. 두 여자는 얼른 핸드폰을 꺼내 메시지를 확인했다.

교수님, 저희가 아까 도망치다가 그만 넘어져서 그 아줌마들한테 붙잡혔어요. 그들이 막 캐물으며 때려서 저도 모르게 저희 대학교를 밝혀버렸어요. 너무 죄송합니다. 전 교수님을 도와 여성흡연을 위해 싸울 자격이 없는 사람입니다. 끝까지 버터내질 못하고 발설해버린 죄책감에 교수님을 볼 면목이 없습니다. 속죄하는 마음으로 먼저 하늘나라로 떠납니다. 여성들도 길거리에서 담배를 피워도 이상한 눈초리로 쳐다보지 않는 세상이 되길 진심으로 기원합니다.

안녕히 계세요.

강초대 의류학과 학생 올림.

이호수에게 온 메시지도 같은 내용이었다. 두 여자는 이 메시지를 보고 엄청난 충격을 받았다. 두 여자는 그 여학생들의 이름을 부르며 사방으로 찾아다녔다.

"예지야, 그러면 안 돼. 너 지금 어디에 있어?"

"희나야, 하늘나라라니…. 그러면 절대 안 돼."

두 여자와 함께 다른 사람들도 모두 그녀들의 이름을 부르며 사방으로 찾아다녔다.

"여러분, 여기 구갈공원 주변을 중심으로 몇 개 조를 나눠서 그 애들을 찾으러 다닙시다. 어서 서둘러요, 빨리요."

백십두 명은 예지와 희나를 찾기 위해 여기저기 찾아다녔지만 그녀들은 벌써 주변에 있는 신현계곡 속으로 들어가 버렸다. 시간은 밤 9시를 넘어가고 있었다. 그러니 아무리 찾아 헤매도 그녀들이 보이겠는가!

그로부터 5분이 지났을까! 지나가는 행인이 계곡 속에 쓰러진 두 여자를 보고 경찰에 신고를 했다. 경찰차와 119차가 동시에 들어왔다. 경찰은 한 겨울 차디찬 물속에 잠겨 있는 두 여자의 시신을 보자마자 그때 남자들과 흡연문제로 싸웠던 여자들이라는 걸 깨달았다.

경찰은 사인규명을 위해 조사를 벌였다. 그러는 사이 백십두 명의 흡연세력들이 배회하다가 그 현장을 목격하고 달려왔다.

"이게 어떻게 된 일이야?! 예지, 예지잖아! 아아아악!"

"얘 희나잖아! 희나야, 도대체 왜 그랬어? 아아아악!"

119는 시신을 싣고 응급실로 달려갔다. 두 여자는 심한 충격으로 졸도할 지경이었다. 하지만 지금 그럴 때가 아니었다. 일곱 명의 여자들은 방금 전 그녀들이 보냈던 메시지를 경찰들에게 보여줬다. 두 여학생이 구타와 협박을 받고 그런 극단적인 선택을 했다는 결정적인 증거였다.

"이거 보세요, 경찰관님. 그 사람들이 우리 학생들에게 가혹행위를 했다는 증거예요."

"알겠습니다."

두 여자는 증거 제공을 위해 경찰에게 핸드폰을 주었다. 그리고 그 흡연여성타도협회 회원들이 지금 이 주변 어디에 있을 거라는 것과 매일 저녁 구갈공원 그 벤치에 온다는 것도 알려주었다. 조사를 위해 흡연여성타도협회 회원들을 체포해야하지만 벌써 이리저리 흩어진 상황이라 쉽지 않았다.

"경찰관님, 내일 저녁에 또 그들이 구갈공원에 올 겁니다. 그때 우리도 올 테니 그들을 꼭 체포해서 조사해주세요. 그런 살인자들은 엄벌에 처해야 합니다. 흐으흑!"

"알겠습니다. 일단 내일 그 시간에 그곳으로 나오십시오."

내일 저녁에 흡연여성타도협회 회원들이 그 벤치에 올 거라는 정보를 입수한 경찰은 일단 그냥 돌아갔다. 이 사건의 핵심은 두 여학생의 자살이 흡연여성타도 아줌마부대원들의 가혹행위와 어느 정도 관련이 있느냐이다.

다음날, 그 시간이 되자 흡연여성세력 백십이 명은 한 사람도 빠짐없이 그 벤치로 왔다. 흡연여성타도 아줌마부대원들은 그보다 더 일찍 도착해 있었다. 어제 있었던 자신들의 승리를 자축하는 의미에서 미리 와있었던 것이다. 그때 뒤에 숨어 있던 경찰들이 나타나 아줌마부대원들을 급습했다.

"조사할 게 있으니 모두 경찰서로 가시죠."

"경찰관님, 우리가 뭘 잘못했다고 조사한다는 거예요?"

"어제 저녁에 이곳에서 저 사람들과 흡연문제로 다툰 사실이 있죠?"

"네, 흡연문제로 좀 다투긴 했어요."

"그럼 여학생 두 명에게 구타하고 협박한 사실이 있죠?"

아줌마부대원들은 잠시 머뭇거렸다. 혹시 그 여자애들이 어제 일로 폭행으로 고소를 했을지 모른다는 생각이 들어서였다.

"……"

"그런 사실이 있어요, 없어요?"

"어린학생들이 공원에서 담배를 피워서 그러지 말라고 좀 타일렀는데 자꾸 바락바락 대들어서 귀싸대기 한 대 때리긴 했지만…. 근데 그게 큰 죄가 됩니까?"

"아주머니들, 그 일로 그 여학생들이 신현계곡에서 자살했어요. 그래서 아주머니들이 그 학생들에게 가혹행위를 했는지 조사하는 겁니다."

"네에? 걔들이 죽었다고요? 이, 이럴 수가…. 흐으으흑!"

흡연여성타도협회 아줌마부대원들은 그 여학생들의 자살 소식에 심한 충격을 받았다. 경찰은 조사결과 아줌마부대원들의 가혹행위는 있었지만, 그 일이 두 여학생의 자살에 직접적인 영향을 미쳤다고 판단하지 않았다. 법이라는 것은 그저 동정심만으로 판단할 순 없지 않은가! 단 폭행행위가 있었던 것은 사실로 드러났기에 그 행위에 가담한 사람에 한해 입건하기로 했다.

이렇게 일단락됐지만, 흡연세력의 주축 멤버인 일곱 명의 여자들과 다른 회원들의 시퍼런 복수의 칼날은 벼르고 있었다. 흡연여성 세력의 우두머리인 선동희는 이번 참극이 자신의 정치적 목표(여성흡연 시 선입견 버리기 운동)를 이룰 수 있는 절호의 기회라고 생각했다. 그래서 소속 정당 청렴맑은당에 이 사건을 알린 후, 소속 국회의원들에게 '여성흡연자들의 차별금지와 인권보호를 위한 법안'을 제안해달라고 요청할 계획이었다.

이를테면 '여성들의 흡연 시, 이상하게 쳐다보지 않기 캠페인'을 실시하고, 그래도 사회분위기가 개선되지 않을 땐, 계속 쳐다보는 자가 있으면 피해자가 경고조치를 하고, 그래도 계속 쳐다볼 땐 관계기관에 신고하면 경범죄로 처벌할 수 있다는 것을 골자로 한 특별형법이다.

실현가능성 매우 불투명한 법안이지만, 선동희와 흡연여성 세력들은 그 문제로 이리 뛰고 저리 뛰었다. 최은지와 이호수는 자신의 대학에 이번 사건에 대한 대자보를 썼다. 그러나 두 대학교 모두 별다른 효과는 없었다.

선동희는 청렴맑은당 외에 국민밖에모르는당 이 건에 대한 탄원서를 제출했지만 소기의 성과를 이루지 못했다. 그 외, 전희라, 김소희, 공채란, 조배희도 자신들의 직장(무역회사, 대법원, 감사원)을 중심으로 여성흡연 차별문제를 알리는 데 주력했으나 싸늘한 반응만 돌아왔다. 나름 법적인 조치를 취해보려고 했지만 돌아오는 건 냉담함뿐이었다. 심지어 같은 여성들 사이에서도 공개적인 장소에서의 여성 흡연에 대해 반대하는 입장이 압도적이었다.

이렇게 별다른 성과를 내지 못하고 1월 달이 다 지나고 2월이 찾아왔다. 시간이 어느 정도 흘렀다. 그러나 저번 달에 있었던 흡연여성 세력의 아픔은 그리 쉽게 지워지질 않았다. 오히려 앙금과 응징의 칼날만이 더 증폭된 상태였다.

흡연여성단체는 지난달에 하늘나라로 떠난 영혼들을 추모하는 의미에서 지금껏 구갈공원 벤치에 가서 담배피우는 것을 자제했다. 가급적 적군들과의 격돌을 피하기 위해서였다. 또한 마음정화 차원이기도 하고, 더 강한 공격을 위한 숨고르기 차원이라고도 볼 수 있었다. 그러나 흡연여성타도협회회원들은 그 일에 대해 아랑곳하지 않고 그날부터 계속 구갈공원 벤치를 점령하고 있었다.

제6부 · 위계

　2월의 첫 목요일에 선동희는 흡연여성 세력들에게 모임을 알리는 공지를 띄웠다. 내일 저녁 6시에 구갈공원 벤치를 피해서 만골근린공원에서 만나자는 내용이었다.

　다음날, 두 사람이 빠진 백십두 명이 만골근린공원에 모였다. 선동희와 동생들 여섯 명은 오랜만에 다시 모여 흡연여성단체의 결속과 발전을 위하여 새롭게 파이팅을 하는 시간으로 삼으려고 했다.

　"여러분, 이렇게 다 와주셔서 감사합니다. 저는 선동희입니다. 지난달에 우리는 두 명의 동지들을 잃었습니다. 그들의 명복과 애도를 표하는 시간을 잠시 가집시다."

　"그래요."

　흡연여성단체는 만골근린공원에서 긴 휴식기간을 깨고 여성

흡연의 정당성을 알리기 위해 다시 똘똘 뭉쳤다.

"우리가 목표로 하는 진정한 승리의 방점은 구갈공원의 그 벤치입니다. 하지만 잠시 그곳을 우리의 원수들에게 내줬습니다. 그러나 그 시간은 잠시일 뿐입니다. 우리는 다시 원기를 모아 그 벤치를 차지할 것입니다. 그 악당들은 우리 동지들의 생명을 빼앗았습니다. 법적인 책임은 없다고 해도 그들의 악랄한 짓으로 그런 아픈 일이 벌어진 것 아니겠습니까? 우리는 동지들의 희생을 절대로 잊어선 안 됩니다. 그 아픈 상처를 우리가 깨끗이 치유해줘야 합니다. 앞으로 더 열심히, 최선을 다해 흡연여성의 권익신장을 위해 맹렬히 세차게 싸워나갑시다. 자, 파이팅 합시다!"

"파이팅! 파이팅! 파이팅!"

흡연여성단체는 만골근린공원에서 새롭게 결의를 다지며 흡연여성타도 아줌마부대를 향한 복수의 칼날을 갈며 힘차게 구호를 외쳤다. 바로 그때 구갈공원에선 아줌마부대들이 모여 자신들의 승리를 자축하며 힘차게 구호를 외치고 있었다. 최근에 흡연여성들이 계속 나타나지 않자 그렇게 판단한 것이다. 만골근린공원과 조금 떨어진 구갈공원 사이의 큰 대로를 두고 양 집단의 구호가 쩌렁쩌렁 울려 퍼졌다.

다행히 양측의 구호와 함성소리는 대로의 차 소리에 막혀 서로 들을 수 없었다. 서로가 그러고 있는지도 모르고 같은 시간에 결의를 다지며 전의를 불태우고 있었던 것이었다.

흡연여성단체의 대장인 선동희는 비록 반대세력들 때문에 구갈공원 벤치에서 쫓겨났지만, 남녀차별철폐와 완전한 남녀평등을 이루어 여자도 당당히 담배를 피우는 그날을 위해 지금의 아픔을 감내한다고 생각했다.

"여러분, 우리가 진정으로 다시 찾고자 하는 곳은 구갈공원의 그 벤치입니다. 하지만 지금은 일단 피했습니다. 불순한 악당들이 연일 수많은 인원으로 그 벤치를 점령하고 우리의 자유를 가로막고 있기 때문입니다. 그래도 우리는 하루도 쉬지 않고 끊임없이 고민합니다. 어떻게 그 벤치를 차지할 수 있을까에 대해서 말이죠. 사실 우리는 아무데서나 담배를 피워도 상관없습니다. 문제는 우리의 흡연의 자유를 방해한 그 남자들과 그들의 앞잡이들에게 두 손 들어 항복할 수 없다는 것입니다. 여러분, 우리가 그들에게 항복할 수는 없지 않습니까?"

"선동희 대장님의 말씀이 백 번 맞습니다. 와아아아!"

"우리는 죽기 살기로 여성흡연문제를 정당화시켜 나갑시다. 우리가 담배피우는 게 죄입니까? 몰지각한 것들이 남자의 흡연에는 관대하면서 우리 여자들의 흡연은 죄악시하는 게 정당한 일입니까? 우리가 여자로 태어난 게 죄입니까? 왜 우리가 이런 어이없는 따가운 시선을 받아야만 하는지 분노가 치밀어 오릅니다."

"얼마 전, 하늘나라로 떠난 우리 동지들도 이런 어이없는 사회의 선입견과 고정관념의 불순한 화살을 맞고 쓰러져 갔습니다. 정말 마음이 아픕니다. 어떻게든 우리가 힘을 모아 그들의 아픈 영혼과 상처를 치유해줘야 합니다."

"맞습니다. 꼭 그렇게 해야 합니다."

여기저기에서 결의를 다지는 함성소리가 울려 퍼졌다. 그리고 흡연여성 회원 백십이 명은 일제히 담배를 꺼내어 입에 물고 불을 붙였다.

강초대 의류학과 교수인 최은지는 스승의 소속을 밝혔다는 죄책감에 세상을 떠난 제자를 생각하니 가슴이 복받쳐 비통한 눈물을 흘렸다. 울먹이는 소리치듯 큰소리로 말했다.

"이 사회는 담배연기에도 신분을 만들어 놓았습니다. 담배연기도 신분이 있다! 담배연기도 신분이 있다! 담배연기도 신분이 있다! 흑흑흑."

"교수님, 울지 마세요. 저희가 있잖아요. 저희가 싸워 이겨내겠습니다. 흑흑."

강촌대 경찰행정과 교수인 이호수도 자신의 제자를 생각하며 하염없는 눈물을 흘리며 최은지와 함께 구호를 외쳤다.

"담배연기도 신분이 있다. 담배연기도 신분이 있다. 담배연기도 신분이 있다. 신분이 있어…. 흑흑흑."

"교수님, 저희가 담배연기의 신분을 완전히 박살내버릴 겁니다. 저희가 싸워서 꼭 이겨내겠습니다."

양쪽 대학의 스승과 제자 간에 한이 서린 비장한 절규가 만골 근린공원에 울려 퍼졌다. 그리고 흡연여성의 권익신장과 담배연기의 신분타파를 위해 하늘나라에서 응원하고 있을 두 여학생의 영령을 위해 다시 묵념을 올렸다.

"여러분, 다시 한 번 우리의 동지들을 위해 머리 숙여 묵념을 올립시다. 일동, 묵념!"

그런데 무거운 침묵을 깨고 이호수가 통한의 통곡을 격정적으로 늘어놓았다.

"애들아, 애들아, 애들아, 다시 살아나다오! 너흰 아무 잘못이 없어. 너희의 아픔과 상처는 다 이 사회가 만들어놓은 거야! 우리와 함께 조금 더 버텼어야지. 왜 그렇게 못난이처럼 떠나버렸니. 너희가 내 신분을 밝힌 게 뭐가 그리 큰 잘못이라고 목숨까지 버렸니. 나는 그런 거 밝혀져도 아무 상관없었단 말이야. 너희가 살아서 함께 흡연여성들의 애환을 덜어주고 차별을 타파하는 것에 힘을 쏟는 게 더 중요하지. 아아악, 가슴이 너무 아프다. 가슴이 찢어진다. 하늘도 무심하지. 우리 애들 살려내라! 우리 애들 보내달라고! 애들아, 애들아, 어디에 있니? 빨리 내려와, 내려오라고…. 흐흐흑!"

이호수가 계속 통곡하자, 회원들이 모두 몰려와 그녀를 위로했다.

"울지 마세요, 교수님. 진정하세요, 교수님. 그 애들의 아픔과 상처는 우리 손으로, 우리 힘으로 씻어줄 것입니다. 우리는 이를 악물고 여성흡연자들에 대한 이 사회의 냉대와 따가운 시선과 차별을 타파하는데 모든 힘을 다 쏟을 겁니다. 저희를 믿어주세요, 교수님. 흐으흑!"

만골근린공원에 모인 백십이 명의 흡연여성회원들은 모두 바닥에 주저앉아 절규하며 결의를 다지고 또 다졌다. 시간은 흘러 밤 8시를 지나가고 있었다. 모두의 마음이 어느 정도 진정되자 대장인 선동희가 한마디 했다.

"오늘 이렇게 여러분이 온 정신과 힘을 모아 하늘로 떠난 동지들을 애도하고, 새롭게 결의를 다져준 것에 무한히 감사합니다. 이제 앞으로 우리가 나아갈 길과 좋은 아이디어가 있다면 말해주시기 바랍니다."

한 여학생이 자리에서 벌떡 일어나 발언했다.

"대장님, 이런 방법은 어떨까요? 그러니까…."

"잠깐, 내가 이 단체의 대장이긴 하지만 그런 호칭은 좀 그렇고…. 난 앞으로 정계에 진출할 사람이니 국회의원님이라고 불러주면 좋겠어요."

"아네, 그렇게 하겠습니다. 국회의원님."

"고마워요, 말해 봐요."

"우리가 어떻게든 다시 찾으려고 하는 곳이 바로 구갈공원의 그 벤치가 아니겠습니까? 그 벤치를 탈환할 수 있는 좋은 방법이 있습니다."

"그래요? 어서 빨리 말해줘요."

"그것은 우리가 남장을 하고 가서 그 벤치에 가서 진을 치는 것입니다. 그들은 말끝마다 남자들이 담배를 피우는 것은 괜찮다고 했잖아요. 그렇다면 저희가 남자처럼 남장을 하고 가서 담배를 피우면 그들도 뭐라 하지 않을 것 아니겠어요? 그렇게 오랜 시간이 지나면 그들은 우리가 완전 포기해서 더 이상 오지 않을 줄 알고 무방비가 되어버릴 겁니다. 그들이 그렇게 생각하고 단체를 해체하는 상황이 되었을 때, 그 벤치에 나타난 일곱 명의 남자들을 짓밟아주는 것이지요."

선동희는 여학생의 말을 듣고 무릎을 치며 감탄했다. 조금 치사한 전법이지만 나름 괜찮은 방법이었다.

"그래, 남장을 하고 그 벤치에 가서 담배를 피우면 그 자식들은 우리를 남자라고 생각해서 방해를 안 하겠지! 말끝마다 남자는 밖에서 담배를 피워도 되지만 여자는 안 된다는 게 그 놈들 슬로건이잖아. 어쨌든 그렇게 하면 그 놈들은 우리가 남자인 줄 알고 그냥 가만히 있겠지! 히히히."

"괜찮은 방법 맞죠? 국회의원님."

"정말 그렇구나. 자, 바로 실시하자!"

만골근린공원에서 흡연여성단체는 엄청난 대책을 세우고 내일부터 실천에 옮기기로 계획을 세웠다.

"얘들아, 내일 남자 옷으로 입고, 머리는 바짝 올려붙인 후 우리의 최종 목적지인 구갈공원 그 벤치에서 저녁 6시에 모이자. 알겠지?"

"그래, 그렇게 하자."

날이 밝자 흡연여성단체에서 일곱 명의 남성은 제외하고 백오 명의 여자들이 옷과 머리를 남자처럼 꾸미고 최종 목적지이자 여성흡연의 역사를 이룰 성지인 구갈공원 그 벤치로 몰려갔다. 변장을 할 필요 없는 일곱 명의 남자도 빠질 필요가 없었지만 이번 전투에는 남장을 한 여성전서들만 출전하기로 했다.

그렇게 남장을 한 백오 명의 흡연여성단체 회원들은 그토록 자치하고 싶었던 그 벤치로 갔다. 그들은 누가 보더라도 남자로 보였다. 그들이 저녁 6시를 기해 그곳에 도착했을 때, 반대세력인 흡연여성타도협회 아줌마부대 백사십오 명이 이미 진지를 구축하고 있었다.

그들은 하루도 쉬지 않고 줄기차게 흡연여성단체를 호시탐탐 감시하며 철통수비를 하고 있었다. 아줌마부대의 집요함도 무식할 정도로 대단했다. 저번 달에 그 사건이 터진 후, 흡연여성단체가 그 벤치에 나타나지 않으면 아줌마부대도 웬만하면 그만할 텐데 절대 그럴 줄을 몰랐다. 더 완벽하고 확실하게 여자들이 그 벤치에서 담배를 못 피우게 하려고 전력을 다했다. 어쨌든 백사십오 명이나 되는 흡연여성타도협회는 어김없이 그 벤치를 지키고 있었다.

백오 명의 남장을 한 흡연여성단체는 그 벤치 주변의 잔디밭이나 다른 벤치에 앉아 담배를 피웠다.

"야아, 이렇게 멋진 공원에 나와 담배를 피우니 담배 맛이 너무 맛이 좋다. 하하하!"

"그래, 바로 이 맛이지."

"휴우~."

흡연여성타도협회 회원들은 갑자기 많은 남자들이 몰려와 담배를 피우지만 그리 대수롭지 않게 생각하고 가만히 있었다. 사실은 여자인데 남자처럼 변장하고 와서 담배를 피워도 아무런 시비를 걸지 않는다. 실은 이들이 최근 격렬하게 맞부딪힌 세력들인데 말이다.

여기서 알 수 있는 사실은 지금 담배를 피우고 있는 이들은 여자이다. 그저 남자처럼 보일 뿐이다. 같은 사람이 담배를 피우고 있었다. 같은 사람의 입에서 연기가 나와 공중으로 올라갔다. 동일한 사람인데도 남자로 보이느냐, 여자로 보이느냐, 이 차이뿐이다.

만약 여기서 남장한 흡연여성단체가 갑자기 남자 옷을 벗고 자신들의 본 모습대로 담배를 피운다면 백사십오 명의 흡연여성타도협회는 어떤 반응을 보일까? 이미 답은 나왔다. 바로 벤치

클리어링 들어갈 것이다. 그러나 남장한 이들은 그대로 있으니 아무 일도 일어나지 않는 것이다.

이게 바로 이 소설의 핵심이다. 생각해보면 아무 것도 아닌 소소한 일을 가지고 격분하고 무시하고 날뛴다. 그래서 세상이 힘들다. 다른 것 때문에 힘든 게 아니라 바로 인간들 때문에 힘들다. 이런 부분들을 어느 누가 대변하려고 노력할까? 없다. 서로서로 피하려고 할 뿐이다.

이제 다음 이야기로 넘어가자.

아무튼 지금 이 상황에선 흡연여성타도협회 회원들은 시비를 걸지 않았다. 흡연여성단체는 남장전법이 완벽하게 먹혀들어가는 것을 보고 너무 기뻐하며 속으로 환호성을 터뜨렸다. 그렇게 기쁜 시간을 1시간 쯤 누리다가 이들은 하나둘씩 만골근린공원으로 이동했다. 남장으로 변장한 전법이 성공을 거둔 것에 대한 추가 회의를 하기 위해서였다.

"하하하하, 이 방법이 성공했어! 몇 차례 부딪친 적이 있어서 그들이 우릴 알아보지 않을까 엄청나게 신경을 썼는데 전혀 알아보지 못하더라."

"정말 대성공이야! 너무 완벽한 변장이어서 그것들을 감쪽같이 속여 버렸어! 킥킥킥."

"애들아, 오늘 대성공을 거두었으니 구갈공원 그 벤치를 우리가 탈환할 날도 머지않다! 더 열심히 분발하자. 파이팅!"

"그래요, 파이팅!"

"이젠 내일부터 계속 그 벤치로 가는 거야. 그리고 그 놈들의 동태를 잘 살펴보자!"

"그래요."

"알겠어요."

한편, 구갈공원 그 벤치에 계속 남아있는 백사십오 명의 흡연여성타도협회 회원들은 꽤 오랜 기간 동안 여성흡연세력이 나타나지 않자, 그 사건으로 조직이 완전히 붕괴된 것이 아닌가 하는 생각을 조심스레 하고 있었다.

"회원 여러분, 여성흡연자들이 이곳에 안 나타난 지 꽤 오래됐죠? 아무래도 더 이상은 안 올 것 같은데 그래도 방심하지 말고 며칠만 더 지켜봅시다. 오늘도 수고 많으셨습니다. 안녕히 들어가세요."

"네에, 모두 수고 많으셨어요."

이렇듯 흡연여성단체 백오 명은 2월 첫 주말에 남장으로 변신하여 비록 정면승부가 아닌 교묘한 편법으로 잠시나마 구갈공원 그 벤치를 점령했다. 앞으로 흡연여성단체 회원들은 하루도 빠짐없이 줄기차게 그 벤치에 가서 굳게 자리를 지킬 것으로 보였다.

다음날도 저녁 6시에 흡연여성단체 백오 명은 남장을 하고 그 벤치 주변에 나타났다. 오늘도 흡연여성타도협회 백사십오 명은

5시부터 와서 벤치 주변을 메우고 있었다. 그들은 또 많은 남자들이 갑자기 몰려와서 담배를 피우는 것이 다소 의아했지만 그래도 남자들이 그러는 것이기에 그리 짜증이 나진 않았다.

"나이는 꽤 어려보이지만 남자애들이 와서 담배를 피우니 그래도 낫다. 그 못된 일곱 명의 여자들과 여학생흡연클럽과 싸웠던 것을 생각하면 말이야! 안 그래, 혁수야?"

"맞아요, 동찬이 형."

남장한 흡연여성단체는 둘의 대화를 들으며 속으로 회심의 미소를 지었다. 그러던 중 반가운 소리를 듣게 되었다.

"혁수야, 그 여자악당들이 이젠 나타나지 않을 것 같으니 우리도 이쯤해서 흡연여성타도협회 아줌마부대를 해체하자."

"그래, 동찬이 형. 이 아줌마회원님들도 흡연여성타도를 위해 불철주야로 너무 고생하셨는데 이젠 그만 쉬셔야 할 것 같아."

그런데 옆에서 이 대화를 듣고 있던 아줌마부대회원들이 그들의 의견에 반대하고 나섰다.

"안 됩니다. 지금은 잠시 소강상태지만, 그 흡연여성단체가 언제 또 이곳에 나타나서 날뛸지 모르는 일입니다. 그러니 그 여성흡연세력이 완전히 박멸될 때까지 우리는 계속 이 자리를 지킬 겁니다."

흡연여성타도협회의 핵심 멤버인 동찬과 혁수, 다섯 명의 남자들은 자신들의 심정을 알아주는 아줌마부대원들에 대한 고마

움으로 눈시울이 뜨거워졌다. 핵심 멤버의 대장격인 동찬이 말했다.

"여러분의 마음은 저희가 다 압니다. 부녀회원님들과 또 부군들까지 너무나 많은 분들이 저희가 구갈공원 이 벤치에서 마음 편히 담배를 피울 수 있게 환경을 만들어주신 것만으로도 영광이고 감사합니다. 여러분들이 이 벤치를 지켜주셔서 그 극악무도한 여성흡연자들을 분쇄시킨 것만으로도 저희는 더 이상 바랄게 없습니다. 이 정도 오랜 기간 동안 그 여자들이 나타나지 않는 것으로 볼 때, 조직이 완전히 와해된 것으로 판단됩니다. 그러니 여러분들도 저희를 돕는 일에 더 이상 헌신하지 않으셔도 될 것으로 봅니다. 그 동안 정말 고생 많으셨습니다. 이젠 그만 집으로 들어가서서 편히 쉬십시오."

동찬의 말을 듣고 아줌마부대원들은 나름 소임을 다 한 것 같아 뿌듯했다. 그러면서도 흡연여성단체를 완전히 뿌리 뽑았다는 확증이 없는 상태에서 이대로 해산하는 것이 개운치 않은 기분이 들었다. 하지만 일곱 명의 남자들 뜻에 따라 흡연여성타도협회 아줌마부대의 소임을 마치는 것에 동의했다.

"대장님께서 그렇게 말씀하시니 저희도 그 뜻에 따르겠습니다. 그럼 이만 물러가겠습니다."

"혹시라도 그 여자들이 또 나타나서 담배를 피우는 추태를 부리거든, 언제든지 불러주세요. 저희가 번개같이 달려와 박살내겠습니다. 그만 갑니다."

"알겠습니다. 정말 고생 많으셨습니다. 며칠 후에 전화 드리지요. 저희가 대접 한 번 하겠습니다. 안녕히 들어가세요."

저녁 7시쯤 백삼십팔 명의 아줌마부대와 그들의 부군들은 나름의 소임을 다고 해산했다. 그들이 돌아가자, 이젠 흡연여성타도협회의 핵심멤버인 일곱 명의 남자와 동찬과 혁수의 아내들만 남게 됐다. 그들은 홀가분하고 짜릿했다. 완전한 승리를 거둔 후, 부하들에게 포상을 내린 승리자만의 여유로움이었다.

"하하하하, 보름 가까이 그 년들이 나타나지 않는 것을 보니 큰 충격을 받고 완전히 공중분해가 된 모양이야!"

"정말 그런 것 같아요. 키키킥, 우리 자축의 의미로 담배 한 대씩 피웁시다!"

"오케이!"

일곱 명의 남자들은 일제히 담배 한 대씩 꺼내 입에 물었다. 그들이 승리를 자축하며 환호성을 터뜨리고 있을 때, 주변 벤치에 나누어 앉아 남장을 하고 담배를 피우고 있는 백오 명의 흡연여성단체 회원들은 속으로 비웃음을 짓고 있었다. 자신들의 위장전략에 속아서 해산하는 아줌마부대원들을 보며 짜릿한 기분이 들었다. 이제 자신들이 반격할 차례였다.

더 웃긴 건, 흡연여성타도협회 핵심멤버 아홉 명은 주변 벤치에서 담배를 피우고 있는 백오 명의 남장한 흡연여성들을 같은 남자들인 줄 알고 묘한 동료의식을 느끼며 흐뭇한 미소를 보내고 있었다는 것이다.

그러자 백오 명의 남장한 흡연여성들은 그들의 화답의 미소를 보냈다. 마치 한 배를 탄 동료 같은 분위기였다. 그러다 기가 막힌 일이 벌어졌다. 일곱 명의 남자들이 남장한 여성흡연자들에게 걸어가더니 "담배 한 대 빌릴 수 있을까요?"라며 말을 걸었다. 남자들의 요구에 남장한 흡연여성들은 흔쾌히 담배를 꺼내주었다. 그들은 고맙다며 "앞으로 여기서 종종 만납시다."라고 말했다.

일곱 명의 남자들이 담배를 얻어 있던 곳으로 돌아가자 백오 명의 여성흡연자들은 너무 기뻐서 속으로 야호! 소리를 질렀다. 마치 낚시꾼이 대어를 낚았을 때 지르는 소리 같았다.

'너희들 우리에게 완전히 속았구나! 우리가 정말 남자들인 줄 알고 담배까지 얻으러 오고. 거기다 다음에도 보자는 말을 해! 크크크'

'바보 같은 것들, 우리가 바로 너희들의 숙적인 흡연여성단체다. 니들은 우리의 위장전술에 말려들어 완전히 박살나게 될 거야. 하하하하!'

백오 명의 흡연여성단체 회원들은 그들이 농락당하는 모습에 희열을 느끼며 속으로 웃고 있었다. 그리고 다음에 벌어질 일들을 예상해 봤다. 아마 내일부턴 거대한 아줌마부대는 나타나지 않고 그들의 배후 세력인 일곱 명의 남자들만 이 자리에 나올 것이다.

그 예상대로 며칠 동안 일곱 명의 남자들만 저녁 6시쯤에 그 벤치에 나타났다. 다시 그 시절로 돌아간 것이다. 반면 백오 명의 흡연여성단체 회원들도 남장을 하고 그 시간에 나타나 상황을 예의주시했다. 이번 주 내내 그 벤치 주변에서 일곱 남자들의 일거수일투족을 관찰하는 시간으로 보냈다.

그렇게 한 주가 다 지나가고 불금이 찾아왔다. 그날 흡연여성단체에게 절호의 기회가 왔다. 일곱 명의 남자들은 구갈공원 주변의 갈빗집에서 술을 마시고 그 벤치로 왔다. 모두 만취 상태로 비틀거리면서 말이다. 미리 와 있던 백오 명의 흡연여성단체는 그 남자들이 비틀거리며 그 벤치로 몰려오는 모습을 보게 되었다. 그 순간 더 재미있는 일이 벌어졌다. 그 남자들이 남장한 흡연여성들에게 덕담을 건네는 것이었다.

"아이고, 우리 멋진 대학생들이 이곳에서 담배를 피우는 모습을 보니 너무 보기에 좋습니다. 남자라면 이렇게 밖에서 담배를 멋지게 확확 피워대야지요. 우리 멋진 대학생들이여, 파이팅!"

흡연여성단체는 그들의 덕담에 환하게 웃으며 "감사합니다, 아저씨들!"이라고 답례를 했다. 그러면서 그들의 몸 상태를 유심히 관찰했다. 만취해서 몹시 비틀거리는 꼴을 보니 무방비 상태였다. 일곱 명의 남자들은 일제히 담배를 한 대씩 꺼내 불을 붙였다. 서 있기도 힘든지 담배를 피우는 내내 몸이 많이 흔들거렸다.

그녀들로선 철천지원수들을 급습하여 때려눕히기에 지금 이 순간이 최고의 찬스였다. 백오 명의 흡연여성단체는 눈짓으로 기습적 공격을 하자는 사인을 주고받았다. 그리고 일제히 고함을 지르며 일곱 명의 남자들에게 달려들기 시작했다.

"와아아아! 이 새끼들, 꽉 잡아버려!"

그녀들은 번개같이 달려들어 그들을 포위했다. 갑작스런 공격에 일곱 명의 남자들은 몹시 당황해하며 어쩔 줄 몰라 했다.

"아니, 학생들! 갑자기 왜 이러는 거야? 우리가 뭘 잘못했어?"

"잘못했지. 왜 우리들이 담배피우는 아지트에 아저씨들이 몰려와서 자리를 차지하느냐고. 구갈공원 이 벤치는 우리 거야. 알았어?"

일곱 명의 남자들은 남장한 백오 명의 여학생흡연단체에게 빠져나갈 작은 틈 하나 없이 완전히 포위되었다. 그녀들 중, 몇몇 과격한 성향의 소유자들은 거침없이 달려들어 그들을 향해 로우킥을 날리기도 했다.

"앞으론 이 벤치에 얼씬도 하지 마! 여긴 우리의 전용흡연공간이니까. 알았어?"

"이런, 어린놈의 새끼들이 어른들을 폭행해? 이게 뭐하는 짓이야! 빨리 경찰에 신고해."

그들이 경찰에 신고하겠다는 말을 하자 남장한 여학생들 중 일부는 그들의 명치에 강력한 니킥을 날렸다. 그들은 몹시 고통스러워했다. 나이어린 남자들에게 로우킥에 이은 니킥까지 강타를 당하니 더 이상 버티지 못하고 바닥에 '퍽' 하고 쓰러졌다.

"으으으으으으윽윽…!"

일곱 명의 중년남자들이 백 명이 넘는 어린남자들에게 집단구타를 당해 바닥에 쓰러져 있는 모습을 때마침 이 공원을 지나가던 두 명의 여자가 목격했다. 공교롭게도 이 여자들은 1월 7일에도 이 공원을 지나가다가 일곱 명의 남자들과 일곱 명의 여자들이 최초로 격돌한 장면을 보고 경찰에 신고한 이력이 있다. 그런데 오늘도 또 이런 장면을 목격하고 놀라서 경찰에 신고했으니 참으로 기이한 일이다.

두 명의 여자는 저번에 신고를 한 뒤 골목에 숨어서 일곱 명의 흡연여성들을 엄청나게 흉을 봤다. 그렇지만 오늘은 남장한 여자들이지만 남자로 보이니까 그때처럼 흉을 보진 않았다.

경찰차 사이렌 소리가 들리자, 백오 명의 여자들은 황급히 달아나기 시작했다. 예전 같으면 그냥 경찰에 맞서 언쟁을 벌일 수도 있겠지만 지금은 남장한 것이 알려질 수 있기에 일단 자리를 피한 것이다.

"경찰들이 몰려왔다. 일단 피하자! 어서 달아나!"

"빨리빨리!"

그런데 여기서 문제가 발생하고 말았다. 남장한 백오 명의 여자들 중에 황급히 달아나는 과정에서 남자 가발이 벗겨지며 틀어 올린 머리채가 풀어지고 만 것이다. 그 모습이 바닥에 쓰러져 있던 일곱 명의 남자들 시야에 포착되고 말았다.

"어? 저, 저거 가발이잖아! 그럼 저게 여자란 말이야?!"

"그러고 보니 그때 담배 피웠던 여자들 같은데…?"

남장한 흡연여성단체는 달아나는 과정에서 치명적인 약점을 드러내고 말았다. 조금 떨어진 골목에서 이를 지켜보던 두 명의 여자도 그들이 남장한 여자들이었다는 걸 깨닫고 매우 당황해했다.

다행히 백오 명의 흡연여성단체는 무사히 달아났다. 그 후에 경찰들이 도착할 때까지 일곱 명의 남자들은 바닥에 쓰러진 채 일어나질 못하고 있었다.

"경찰관님, 우리가 집단으로 폭행을 당했습니다."

"알았으니 일단 일어나세요."

일곱 명의 남자는 힘들게 자리에서 일어났다. 경찰들은 이곳에서 흡연 때문에 번번이 문제가 일어나자, 근본대책을 세우기 위해 몇 가지 질문을 던졌다.

"오늘도 흡연 때문에 문제가 일어난 겁니까?"

"경찰관님. 그게 말이죠, 그때 그 흡연여성들이 남장을 하고 여기서 담배를 피우고 있었던 겁니다. 우리는 그들이 남자들인 줄 알고 뭐라고 하지도 않았어요. 그런데 갑자기 다가오더니 왜 자기들 아지트에서 담배를 피우냐며 우리를 마구 때렸다고요. 아이구, 허리야. 우린 그 여자들을 잡아서 폭행으로 고소할 겁니다."

일곱 명의 남자들은 자신들이 당한 억울한 일을 설명했지만 술에 만취된 상태라 경찰들의 귀에는 횡설수설하는 것처럼 들렸다. 그래서 그들의 주장에 신빙성이 없다고 판단해 버렸다. 번번이 그랬던 것처럼 경찰들은 쌍방이 벌인 시비로 간주하고 대충 상황조사만 마치고 그냥 가버렸다.

일곱 명의 남자들은 억울하고 분했다. 이들은 화가 치밀어 올라 아까 술을 마셨던 그 갈빗집으로 다시 들어갔다. 격분이 포화된 그들은 소주를 마구 들이부었다.

"세상, 이게 뭔 꼴이냐. 아까 봤지? 경찰이 오기 전에 그 년들이 도망칠 때 가발이 벗겨지는 것 말이야. 참, 끔직하다. 그 벤치에서 담배를 피우려고 어떻게 남장까지 할 생각을 했을까. 우리가 완전히 속았어! 이것들을 도저히 그냥 둘 수 없어. 그 년들을 철저하게 짓밟아버려야겠어! 으으으!"

"동찬이 형, 이 사실을 흡연여성타도협회 아줌마부대에게 알려서 다시 힘을 모아 그 년들을 박살내버리자."

"그래, 그 년들이 남장을 하고 그 벤치에 나타나서 담배를 피웠다는 사실을 아줌마부대원들에게 알리자."

"그 년들에게 속은 것을 철저하게 복수해주자! 자아, 그런 의미에서 건배, 건배, 건배!"

한편, 경찰 때문에 황급히 달아난 백오 명의 흡연여성단체는 만골근린공원으로 피신했다. 그리고 대책을 논의하기 시작했다. 아까 피하는 과정에서 가발이 벗겨져서 그 남자들이 알아챘을 것이기 때문이다. 상황이 더 복잡해졌다. 더 격렬한 전투가 예상되었다. 그래서 그녀들도 전투력을 다지기 위해 술을 마시러 자리를 옮겼다.

이 날, 같은 시간에 양측은 새롭게 펼쳐질 전투를 맞이하는 마음으로 술잔을 채웠다. 이 날 밤은 이렇게 흘러가버렸다.

날이 밝자마자 일곱 명의 남자들은 그 흡연여성들이 남자로 변장한 사실을 아줌마부대에게 알리고 다시 힘을 모아줄 것을 호소했다. 그 말을 듣고 아줌마부대원들은 충격과 경악을 금치 못했다.

"뭐라고요? 그러니까 그것들이 가발을 쓰고 남자 옷을 입고 마치 남자인 것처럼 하고 구갈공원 그 벤치에 와서 계속 담배를 피웠다는 겁니까?"

"네, 그렇습니다."

"어떻게 그럴 수가…. 세상에 그것들에게 우리가 속아 넘어가다니, 너무 치욕적입니다. 이것들을 절대로 그냥 둬선 안 되겠군요."

"맞습니다. 이번엔 확실하게 응징해야 합니다."

아줌마부대들은 더 격분하기 시작하였다. 자연스레 남편들까지 포함된 아줌마부대 백삼십팔 명은 일곱 명의 남자들과 함께하게 될 것은 기정사실이 되었다.

아닌 게 아니라, 오라고 하지도 않았는데 백삼십팔 명의 아줌마부대는 자청하여 동찬의 집인 구초빌라 10동 201호로 모여들기 시작했다. 그만큼 흡연여성에 대한 적개심이 강한데다 남장으로 자신들을 속이고 구갈공원 그 벤치를 잠시라도 차지했다는 것에 더욱 분노했다.

인원은 너무 많은데 비해 공간이 너무 협소하여 밖에도 빼곡하게 모였다. 다시 모인 총 백사십오 명의 흡연여성타도협회는 구갈공원으로 쳐들어가 그 흡연여성들을 처단하려는 계략을 세웠다. 그 시간에 반대진영인 흡연여성단체도 어차피 남장전략이 들통나버린 상황에서 그 벤치를 차지하기 위한 또 다른 전술을 강구하고 있었다.

전자는 오늘 저녁에라도 당장 그곳으로 쳐들어갈 계획을 세웠다. 후자 역시 그들의 전략을 예상하고 맞불을 놓을 방안을 구상했다. 흡연여성단체 백십이 명도 그 벤치에서 한 발짝도 밀려나지 않겠다는 배수진을 치는 최후 방안을 수립했다. 남장전략이 실패로 돌아갔으니 두 번째 전략으로 기상천외한 전법도 써볼 생각을 했다. 상대진영이 쳐들어올 때, 귀신처럼 소복을 입고 머리를 길게 늘어뜨린 채 입에 피를 흘리며 식칼을 물고 노려보는 전법이다. 상대의 공포심을 극대화시켜서 스스로 달아나게 하려는 전술인데, 과연 그리 쉽게 될 것인지 지켜볼 일이다.

어쨌든 저녁 시간을 대비하여 그녀들은 유령전법을 강행할 준비를 하고 있었다. 이윽고 저녁 6시가 가까이 다가왔다. 그녀들은 준비한 모습으로 그곳에 갔다. 다행히 동절기라 일찍 해가 져서 지나다니는 행인들 눈엔 잘 띄지 않았다.

6시가 넘어 흡연여성타도협회 아줌마부대 백사십오 명이 그 벤치로 몰려들기 시작했다. 그리고 그 흉측한 장면을 목격하게 되었다. 그 장면을 보고 아줌마부대는 너무 놀라 심장이 멎는 것 같았다.

"저, 저게 뭐야? 귀, 귀, 귀신?"

"으아악, 입에 칼을 물고 피를 흘리고 있어!"

"안 되겠어, 야, 빨리 도망치자. 도망쳐…!"

백사십오 명의 흡연타도 아줌마부대는 너무 놀라 기절할 것 같지만 후들거리는 다리를 애써 움직여 황급히 도망치기 시작했다. 그들이 도망치는 모습을 보면 백십이 명의 흡연여성단체는 속으로 쾌재를 질렀다.

심한 충격을 받고 도망친 아줌마부대는 인근 호키아파트 놀이터로 갔다. 놀이터에 도착하자마자 너무 큰 쇼크 탓에 기절하는 이들도 속출했다. 다른 이들도 어쩔 줄 몰라 우왕좌왕 거렸다.

한참 시간이 지나자 조금씩 정신을 차리기 시작했다. 놀이터

여기저기에 앉아 그 상황에 대한 말들이 겁에 질린 목소리로 오고갔다.

"그게 뭐지? 왜 그 벤치에 그렇게 많은 귀들이 나타났지? 너무 무섭고 소름이 돋아. 그런데 그게 정말 귀신일까? 귀신이 아니면 그게 뭘까?"

"정말 그게 귀신일까? 요즘 세상에 그런 게 존재할 수 있을까? 너무 무서워."

"근데 조금 이상하지 않아?"

그들은 큰 쇼크에도 불구하고 정신을 차리려고 애썼다. 그러다 뭔가 미심쩍은 느낌을 받았다.

"아까는 순간적으로 너무 놀라서 정신이 없었지만 가만히 생각해보니까 진짜 귀신은 아니지 않을까?"

"정말 이상해. 귀신 형체가 확실히 보이나?"

"그것도 그렇게 많은 귀신들이 나타날 수 있을까?"

동찬과 혁수는 의구심을 나타내기 시작했다.

"혹시 그 담배피우는 여자들이 쇼를 한 게 아닐까? 그것들은 남장도 하는데 귀신으로 변장하는 것쯤은 충분히 하고도 남을 것들이지! 어쩐지 느낌이 싸하더라니…. 하필 그 자리에서…."

"동찬이 형 말이 맞아. 그 년들은 충분히 그런 짓을 할 수 있어. 와아, 정말 징그러운 것들이다."

나머지 회원들도 고개를 끄덕였다.

"그럼 우리가 그것들의 남장에 속고, 이젠 귀신행세에 또 속아 넘은 거야?"

"그럼 그렇지! 세상에 그런 귀신이 어디에 있냐고. 말도 안 되지."

"우리 다시 그곳으로 쳐들어가서 그 년들을 패버리자. 아마 지금도 그곳에 있을 거야! 빨리 가자, 서둘러!"

흡연여성타도협회 백사십오 명은 전열을 가다듬고 구갈공원 그 벤치를 향해 번개같이 달려갔다. 불과 5분 남짓한 곳이라 금방 도착했지만 흡연여성단체는 이미 자리를 떠난 후였다. 그녀들은 그들이 도망치긴 했지만 또 이 벤치로 급습할 거라 판단하고 주변에 숨어서 동태를 예의주시고 있었다. 그녀들의 예상대로 흡연타도협회는 다시 돌아와 그 벤치로 돌아와 자신들을 찾으려고 난리를 쳤다.

그녀들은 숨어서 그 광경을 조심스레 지켜보다가 틀키지 않게 재빨리 만골근린공원으로 이동했다. 흡연타도협회는 이리저리 그녀들을 잡으려고 난리를 쳤으나 개미 새끼 한 마리도 잡지 못하고 그냥 돌아갈 수밖에 없었다. 그러나 흡연타도협회 아줌마 부대가 그녀들이 또 쇼를 벌였다는 걸 알아챘기에 내일부터 엄청난 융단폭격이 뒤따를 것이란 건 안 봐도 뻔한 일이다.

그렇지만 그녀들도 아줌마부대가 다시 벤치로 돌아와 자신들을 샅샅이 찾는 장면을 목격했기에 당분간은 이 벤치에 나타나지 않기로 했다. 하지만 아줌마부대는 내일도 이 벤치로 지키기로 약속한 뒤 해산했다.

다음날, 잔뜩 독이 오른 아줌마부대는 저녁 6시에 그 벤치로 대대적인 습격을 시도했다. 그러나 그곳엔 아무도 없었다. 이를 갈며 한참을 기다려도 아무도 나타나지 않았다. 남장과 귀신 분장으로 두 번씩이나 속은 것이 몹시 분한 상태라 반대세력들이 나타나지 않자 더 분하고 짜증이 났다.

"이것들이 겁먹었는지 아예 나타나지도 않네! 이 괘씸한 것들, 우릴 그렇게 교묘하게 속여서 골탕을 먹여? 어디 한 번 두고 보자, 이것들!"

하지만 며칠간 흡연여성단체는 코빼기도 보이지 않았다. 계속 그녀들이 나타나지 않지만 아줌마부대들은 언젠간 그 벤치에 나타날 거라고 확신했다. 잠시 나타나지 않다가 시간이 지나면 어김없이 나타났기 때문이다. 그래서 그녀들은 만일의 사태에 대비하기 위해 경계를 늦추지 않았다. 그렇게 한 주가 다 지나가버렸다.

흡연여성단체 회원들은 먼발치에서 상대 세력들의 동향을 예의주시하고 있었다. 그러면서 남장전법과 귀신전법에 이은 세 번째 전법을 강구했다.

어느덧 겨울도 막바지로 접어들어 며칠만 더 지나면 춘삼월이 시작된다. 2월 19일 월요일 저녁시간에 흡연여성단체는 만골근린공원에 모였다. 그동안 구갈공원 그 벤치를 탈환할 만한 강력한 세 번째 전법을 내놓지 못하다가 드디어 오늘 꽤 괜찮은 아이디어가 나왔다.

그것은 흡연여성단체의 백오 명의 여성회원들에겐 다 남자친구가 있다. 하지만 그 남자친구들을 전면에 나서게 하진 않을 것이다. 우회적인 방법으로 그들을 이용해보려는 것이다.

"우리 남자친구들이 그 벤치 주변을 엄청나게 지저분하게 만들어버리는 거죠. 가래침을 아무데나 뱉고, 꽁초나 오물, 컵라면 같은 것들을 마구 버리고, 큰소리로 떠들고 돼지 멱따는 소리로 고래고래 노래도 부르게 하는 겁니다. 그럼 저들은 엄청 괴로워할 거예요."

"글쎄, 그렇게 해도 될까? 그러지 말고 우리도 저들처럼 남자들을 끌어들여 전면에서 치고 박게 하는 게 더 나을 것 같은데…."

사실 반대세력인 아줌마부대회원은 자신의 남편들까지 전력을 증강시켰다. 그래서 흡연여성단체가 수적 열세로 밀리게 된 것이다. 그런 취지로 흡연여성단체의 한 회원이 그런 말을 한 것이다.

그러나 많은 회원들은 '끝나지 않는 괴로운 싸움'이라며 반대하고 나섰다. 그래서 결국 그녀들은 자신의 남자친구들을 그 벤치에 보내 엄청나게 지저분하게 만들어 반대세력이 다시는 그곳에 오고 싶지 않게 만든다는 쪽으로 방향을 잡았다.

"여러분, 남자친구들이 우리와 아무 관련 없는 것처럼 하고, 그곳을 지저분하게 만드는 방법이 나름 괜찮다고 생각합니다. 어떠세요?"

"저도 그 방법이 좋다고 생각해요."

"그러다가 그들과 시비가 붙으면 우리 남자친구들이 두드려 패버리면 되는 거죠. 그런 시나리오가 괜찮을 듯해요."

백십이 명의 흡연여성단체는 이 계략을 세우고, 일제히 그녀들의 남자친구들에게 도와달라고 부탁했다. 사랑하는 여자친구의 부탁을 들은 남자친구들은 흔쾌히 '알았다'고 대답했다.

"그럼 내일 저녁 6시에 만골근린공원에서 만나."

"그래, 알겠어."

드디어 흡연여성단체의 대대적인 반격의 날이 찾아왔다. 어제 남자친구들에게 부탁한 결과는 최종적으로 백 명의 남자친구들이 적극 협조하기로 했다. 그래서 오늘 저녁 6시에 만골공원에서 만나기로 했다. 구십팔 명의 여학생들이 구십팔 명의 남자친구들을 데리고 왔고, 또 그들이 두 명을 더 데리고 와서 총 백 명의 남자친구 협력군이 탄생되었다.

흡연여성단체의 대장인, 선동희가 한마디 했다.

"이렇게 여학생들의 남자친구들이 많이 와주셔서 너무너무 감사합니다. 여러분들은 중대한 과업을 이루어 주셔야 합니다. 그것은 다름 아닌 우리가 얼마 전에 쫓겨난 구갈공원 벤치에 오물쓰레기를 투척하는 것입니다. 가래침도 뱉고, 담배꽁초나 컵라면 등을 아무데나 투척하여 주시고, 고성방가도 해주시길 바랍니다. 그래서 그곳에 모인 이들에게 심한 정신적, 육체적 스트레스를 안겨주면 됩니다."

"하하, 우리 임무가 각종 오물투척에 고성방가입니까? 너무 쉬운 일이군요. 네에, 그렇게 하도록 하겠습니다. 하하하!"

"최선을 다해 주십시오."

이렇게 흡연여성단체는 여학생들의 남자친구들에게 이런 임무를 맡기고 뒤로 쏙 빠졌다. 이제부턴 백 명의 남자친구가 그 벤치로 쳐들어가 그녀들과 아무 관련이 없는 사람들처럼 하면서 각종 오물쓰레기를 난폭하게 투척하면 된다. 이 과업을 이루기 위해 백 명의 남자친구들은 구갈공원 그 벤치까지 힘차게 내달렸다. 벤치에 도착하자마자 명령받은 대로 아주 큰소리로 고래고래 노래를 불렀다. '세월아, 세월아, 세월아 어서 꺼져버려라, 시간아, 시간아, 시간아 얼른 사라져버려라'라는 가사의 발라드 노래를 그 공원이 떠내려갈 정도로 크게 불렀다.

그러자 그 벤치에 모여서 세를 과시하고 있던 흡연여성타도협회 아줌마부대 백사십오 명은 매우 고통스러워했다.

"아이, 이게 뭐야? 못 보던 사람들인데 왜 오늘 여기에 와서 저렇게 크게 소릴 지르고 노래를 부르는 거야? 너무 시끄러워 못 살겠네. 어휴.”

“아무 짜증나. 정말 너무하네. 에잇….”

이렇게 불만을 터뜨리면서 슬쩍 의심이 들었다. 혹시 저 시끄러운 남자들이 남장한 그 여자들인가 해서이다. 그래서 뚫어지게 관찰을 했는데 남장한 여자가 아니라 진짜 남자들이라는 걸 확인했다. 그렇다면 도대체 이들은 왜 여기서 이러는 것일까? 혹시 흡연여성단체에게 사주를 받고 저런 난동을 부리는 게 아닐까 하는 의심도 들었다. 하지만 그 의심에 답을 줄 만한 증거가 없었다.

어쨌든 백사십오 명의 아줌마부대는 엄청난 소음으로 극심한 고통을 받게 되었다. 나름 흡연여성단체의 새로운 전법이 성공을 거두고 있었다. 각종 오물쓰레기 투척에 고성방가로 그들에게 고통을 주는 새로운 전법이 첫날부터 효과를 거두자 앞으로도 계속 백 명의 남자친구 앞잡이들이 그곳에 출몰하여 더 엄청난 고통을 안겨줄 것은 기정사실이 되어버렸다. 이렇듯, 양측은 구갈공원 그 벤치를 차지하기 위해 서로 물고 물리는 치열한 혈투를 펼치며 하루하루를 보내고 있었다.

일단 오늘 첫날은 각종 오물쓰레기 투척 전술은 생략하고 고성방가만 시도했다. 이것만으로도 그들에겐 정신적 스트레스를 안겨주는 데 부족함이 없었다. 앞으로도 백 명 남자친구 앞잡이들은 끊임없이 위의 두 가지 전술을 시도할 것이다.

다음날도 저녁 시간에 어김없이 그 벤치로 그 전술을 펼치러 갔다. 이 전술의 최종목표는 상대에게 치가 떨릴 정도의 고통을 주어 자연스레 그 벤치에서 사라지게 하는 것이다. 그 목표를 이루기 위한 첫발을 활기차게 내디딘 백 명의 남자친구 앞잡이들의 행보가 어떨지 사뭇 궁금하기만 하다.

그로부터 며칠간 어김없이 그 시간대가 되면 남자친구 앞잡이들은 구갈공원 벤치 주변에 나타났다. 두 번째 날부턴 준비해 간 각종 오물쓰레기들을 상대가 있는 방향으로 마구 집어던졌다. 그러다 급기야 서로 시비가 일어났다.

"이봐! 젊은 사람들이 왜 쓰레기들을 이쪽으로 막 던져? 여기가 노래방이야? 그렇게 큰소리로 노래를 부르면 안 되잖아! 당장 조용히 하고 쓰레기 버리지 마!"

"······."

아줌마부대의 거친 반발이 있었지만 남자친구 앞잡이들은 아무런 대꾸도 하지 않았다. 대신 같은 행동만 거듭한다. 일주일간 이들은 아줌마부대의 성토에는 침묵으로 응대하며 그 벤치 주변에서 끊임없이 오물쓰레기를 투척하고 고성방가로 일관하였다. 이렇게 한 주가 다 지나자 흡연여성타도협회 아줌마부대도 지치기도 하고 치가 떨리기도 했다. 평화로운 공원에서 흡연여성단체들이 또 다시 나타날 것을 대비하면서 쉬엄쉬엄 경계태세를 유지하려 했는데, 난데없이 남학생들이 대거 몰려와 그 벤치 주변에다 오물쓰레기를 버리고 고성방가를 해대니 스트레스가 극에 달했다. 분명 흡연여성단체의 사주를 받은 세력으로 보이지만 이렇다 할 증거가 없으니 그저 속수무책으로 당하는 수밖에 없었다.

새로운 한 주가 시작되었지만, 백 명의 남자친구 앞잡이들의 행동은 조금도 변함이 없었다. 저녁 6시가 되면 그 벤치로 달려가 각종 오물쓰레기를 투척하고 고성방가로 일관한다. 이들이 계속 그러자, 상대진영은 경찰에 신고할까 생각해봤다. 하지만 그 방법은 포기했다. 자신들도 이곳에서 흡연문제로 경찰조사를 여러 차례 받았기에 또 그런 문제로 비춰지기 때문이다. 그런 문제가 더 부각되는 자체가 싫었다.

자신들의 암적 존재인 여성흡연세력을 완전 몰아내고 구갈공원의 이 벤치를 독점하는 것만으로도 큰 기쁨이었다. 무엇보다 이곳에서 여자들이 담배를 입에 쪽쪽 빨아대는 모습을 안 보는 것만으로도 마음의 평화가 찾아왔다.

그런데 백 명의 젊은 남자들이 연일 이곳에 몰려와 오물쓰레기를 투척하고, 고성방가를 하고 있으니 여간 골치가 아픈 게 아니었다. 인간의 간사함인지, 계속 이런 일이 일어나자 은근히 그 일곱 명의 흡연여성들이 있을 때가 더 나았다는 생각마저 들었다. 그들은 담배피우는 것 외엔 다른 스트레스는 전혀 주지 않았으니 말이다.

아무튼 흡연여성타도협회 아줌마부대 백사십오 명은 저 남학생들의 행동을 그냥 가만히 지켜보고 있을 수만은 없었다. 그곳은 자신들의 안락한 쉼터이자 일곱 남자들의 평화로운 흡연공간이 아닌가! 결국 회장 격인 동찬이 남학생들 앞에 나서 격분했다.

"이봐, 내가 남자들이 담배피우는 건 괜찮다고 생각하는 사람이야. 다 좋은데 왜 이곳에서 큰소리로 노래를 부르고 쓰레기들을 아무데다 집어 던지는 거야? 그게 잘못된 행동이라는 걸 몰라서 그래?"

줄곧 시비를 피해오던 남자친구 앞잡이들은 드디어 포문을 열었다.

"아저씨, 아줌마들. 우리가 뭐 당신들에게 피해준 것 있어요? 우린 그저 이곳에서 담배도 피우고, 스트레스를 풀려고 노래도 부르고, 배고파서 컵라면을 먹었을 뿐인데, 그게 잘못이에요? 왜 시비예요?"

남학생들은 거친 말투로 짜증을 내며 큰소리로 말했다. 그 말에 동찬은 더욱 화가 치밀어 올랐다.

"뭐? 이런 싸가지 없는 것들이 있나. 어른이 뭐라고 하면 잘못했다고는 안 하고 왜 시비냐고? 하루 이틀도 아니고 매일 이러는 게 잘못이 아니야? 내 말이 말 같지 않아? 좋게 말로 할 때 여기서 나가! 아니면 경찰에게 강제로 끌려 나갈 테니!"

급기야 양측이 서로 한 번씩 말로 치고받았다. 흡연여성단체의 남자친구 앞잡이 백 명과 흡연여성타도협회 아줌마부대 백사십구 명의 격렬한 다툼의 서막이 올랐다. 인원으로 보면 후자가 압도하지만 그들 중, 칠십 명이 여자이다. 그래서 아줌마부대로 칭하는 것이다. 물론 남자도 다수 포진되어 있으나 백 명의 남자친구 앞잡이들은 모두 혈기왕성한 젊은이들이다. 그러니 벤치클리어링이 벌어지면 누가 이길지 알 수 없었다. 젊은 남자 백 명으로 구성된 측과 중년남녀 백사십오 명으로 구성된 측, 이 둘 중에 누가 이길지는 붙어봐야 알 것이다. 서로 옥신각신하더니 결국 전투가 벌어졌다.

"이 싸가지 없는 어린놈의 새끼들 다 밀어내버려!"

"웃기고 있네! 민다고 우리가 밀릴 것 같냐?"

"이씨, 헉헉, 푸푸, 학학, 으으으으윽!"

처음엔 호각세를 이뤘으나 점점 시간이 지날수록 남친 앞잡이 측의 우세가 보였다. 비록 인원은 좀 적어도 젊은 혈기를 중년남자들이 이기긴 힘들었으리라! 결국 흡연여성타도협회 백사십오 명은 완전히 그 벤치에서 밀려나고 말았다. 그래서 자신들의 가장 소중한 쉼터이자 평화로운 흡연공간인 구갈공원 그 벤치에서 눈물을 삼키며 돌아갈 수밖에 없었다.

"흐으으윽! 이게 뭔 꼴이야. 어린 것들에게 우리 아지트를 내주다니! 아아, 정말 죽고 싶다. 오늘이 내 인생에서 최악의 수치

스런 날이다. 흑흑흑흑!"

새로운 한 주가 시작되는 월요일에 흡연여성타도협회 백사십오 명은 젊은 힘에 의해 속절없이 밀려나고 말았다. 이날 전의를 상실한 그들은 한동안 기가 꺾여 침울한 상태로 보냈다. 다시 그곳에 나타날 엄두를 못 내고 새로운 전략을 세우는 데 골몰했다.

백 명의 남자친구 앞잡이들이 승리를 거두었다는 사실은 곧바로 여자친구들에게 알려졌다. 흡연여성단체 여학생 백 명은 너무 기뻐서 펄쩍펄쩍 뛰었다. 그러나 백 명의 여학생들은 구갈공원 그 벤치로 곧바로 달려가진 않았다. 자신들과 백 명의 남자친구 앞잡이들 사이가 연관되어 있다는 사실을 들킬 수 있기 때문이다.

밀려난 그들은 당분간 제 3의 공간에서 원기를 모은 뒤, 구갈공원 그 벤치를 되찾겠다는 결의를 다졌다. 그들은 새로운 원기를 모을 곳으로 구갈공원 주변의 호키아파트 놀이터로 정했다. 그곳은 놀이터치고는 꽤 넓은 곳이라 여성흡연타도협회 백사십오 명이 모두 모여서 대책을 논의하기에 딱 좋은 장소였다. 그들은 밀려난 바로 다음날부터 호키아파트 놀이터에 진을 쳤다.

그런데 그곳은 구갈공원과 그리 멀지 않은 곳이라 남자친구 앞잡이들의 눈에 띌 텐데 앞으로 여러 가지 문제를 일으킬 것으로 보였다. 아닌 게 아니라, 남자친구 앞잡이들은 그들이 호키아파트 놀이터에 진을 친 날, 그들이 나타나지 않을까 해서 경계심을 늦추지 않고 있었다. 혹시 다른 구역에서 나타날 수 있기 때문에 동네 여기저기를 수색하던 중, 우연히 호키아파트 놀이터에서 어제 봤던 그 아줌마부대를 목격했다. 그들을 발견하자마자 남자친구 앞잡이들은 일제히 달려들었다.

"어제 우리와 구갈공원에서 싸웠던 아줌마 아저씨들이잖아! 우리한테 밀려서 여기에 모여 있군! 왜, 여기서 힘을 모아 구갈공원으로 밀고 들어오려고?"

흡연여성타도협회 아줌마부대는 당황스러워 어쩔 줄 몰라 했다.

"이, 이것들이 우리가 여기에 있는 걸 어떻게 알고 쳐들어 온 거지?"

남자친구 앞잡이들은 막무가내로 몰려들어 어제처럼 막 밀어붙이며 괴롭혔다. 그러자 어제처럼 그들은 또 맥없이 밀려나고 말았다.

"으으윽흑! 아아악악! 어어어어어억억!"

남자친구 앞잡이들에게 사정없이 밀려난 그들은 한참을 쫓겨나 기흥역 실개천 산책로까지 와버렸다. 그곳에서 침통한 심정으로 핵심멤버인 일곱 명의 남자들은 담배를 꺼내 입에 물었다.

"동찬이 형, 남자 새끼들이 더 고약한 것 같아! 악착같이 달라붙어 우릴 완전 닭 쫓듯 쫓아버리잖아! 시발 것들."

"혁수 네 말대로 같은 남자 놈들이 더 살벌하다. 그때 우리와 싸웠던 그 여자들은 이 정도로 살벌하진 않았는데….”

“맞아, 형. 정말 징그러운 놈들이야!”

흡연여성타도협회 아줌마부대 백사십오 명은 기흥역 실개천 산책로에서 패배의 쓴 잔을 들이키며 낙담에 빠졌다. 그들은 당분간 휴식기에 들어가자고 제안했다. 빠른 시일 내에 구갈공원 그 벤치를 되찾기란 어렵고 힘들게 보이기 때문이었다. 회장인 동찬이 말했다.

“우리 흡연여성타도협회 회원 여러분, 우리는 최대의 승부처인 구갈공원 그 벤치에 웬 남학생 무리들이 대거 출몰하는 바람에 그곳을 수성하는 데 난항을 겪고 있습니다. 임전무퇴가 맞긴 하지만 상대가 너무 거칠고 까다로워 지금은 힘들 것으로 보입니다. 그래서 당분간 휴식에 들어갔으면 합니다. 그러니 저희가 다시 연락을 드릴 때까지 여러분들의 본업과 가정에 충실해주실 것을 부탁드립니다. 확실한 대책이 수립되는 대로 다시 통보드리겠습니다. 그동안 고생 많으셨습니다. 너무너무 감사드립니다. 그럼 안녕히 들어가십시오.”

“그래요. 세상에 뜻대로 안 되는 힘든 일도 있지요. 하지만 더 많은 세력을 끌어 모으면 우리가 승리할 수 있을 겁니다. 이 땅에서 여자들이 담배를 못 피우도록 우리의 모든 역량을 기울이도록 합시다. 우리가 나가는 길은 사회정의를 세우는 올바른 길입니다. 여러분, ‘흡연여성 때려잡자!’라는 구호를 크게 외치면서 해산하도록 합시다.”

“담배피우는 여자들을 완전히 때려잡자! 때려잡자! 몰아내자! 몰아내자! 여성흡연 웬 말이냐, 물러가라! 물러가라! 흡연여성 물러가라!”

“여러분, 비록 지금은 우리 힘이 조금 부족해서 물러나겠지만 다시 힘을 모아 전진할 것입니다. 그날을 기약하며 일단 돌아갑시다.”

“네, 그렇게 합시다!”

결국 흡연여성타도협회 아줌마부대 백사십오 명은 무려 8일 동안 흡연여성단체의 사주를 받은 백 명의 남자친구 앞잡이들에게 시달리다가 잠시 해산결정을 내리게 되었다. 그들의 이런 결정을 남자친구 앞잡이들이 알 리가 만무했다. 그래서 다음날도 백 명의 남자친구 앞잡이들은 오십 명씩 2개조로 나누어 구갈공원 벤치 주변과 호키아파트 놀이터를 감시했다. 이렇게 그들이 나타날 가능성이 있는 곳들에 감시를 강화했다. 양쪽을 철옹성처럼 감시했지만 그들은 좀처럼 나타나지 않았다. 그러나 이들은 조금도 해이해지지 않고 더욱 강력한 쇠붙이 감시를 이어가고 있었다.

“하하하! 우리 전법이 엄청 센가 보네. 그것들이 아예 나타나질 못하는 것 보니 말이야. 푸하하하!”

“쥐새끼처럼 완전히 숨어버렸어. 세상에 여자가 담배피우는 게 뭐가 문제야. 자기들에게 피해만 안 주면 되는 거지, 지들이 뭐라고 우리 여자친구들이 담배 피운다고 괴롭히고 시비를 거냔 말이야. 세상에 별 미친놈들 다 있어. 쯧쯧쯧!"

백 명의 남자친구 앞잡이들의 감시는 그날부터 지속적으로 이어졌다. 그렇게 겨울의 마지막 밤이 지나가고 춘삼월이 찾아왔다.

제8부 · 새로운 아지트

3월 1일은 일요일이었다. 흡연여성타도협회 아줌마부대의 핵심멤버인 일곱 명의 남자들은 새로운 전력에 대한 논의도 할 겸, 지친 몸과 마음의 피로도 풀 겸해서 모란으로 바람 쐬러 갔다. 그들은 술을 마시기 위해 모두 차는 집에 두고 신갈역에서 모란 쪽으로 가는 분당선 지하철을 탔다. 특별히 목적지를 정하지 않고 발길 닿는 대로 이리저리 돌아다닐 작정이었다.

"용인과 수원 쪽에만 있다가 모란 쪽으로 오니 나름 괜찮네."

"혁수야, 그동안 고생 많았다. 하지만 어쩌겠냐! 우리가 이뤄내야 할 과업인 것을."

"그렇긴 한데 형, 내가 요즘 뼈저리게 느낀 건 그 여자들이 담배피운 것보다 그 놈들이 담배꽁초를 아무데나 버리고 고래고래 소리 지르는 게 더 더럽고 고통스럽더라고…. 아무튼 남자 놈들이 더 고약해.”

혁수가 이렇게 말하자, 수원에서 인테리어를 하는 그의 친구들 다섯 명도 고개를 끄덕이며 그 말에 동의했다.

“혁수 말이 맞아. 담배 피우던 그 여자들을 두둔하는 건 아니지만 그 놈들처럼 최악으로 굴진 않았어. 아, 진짜 그 새끼들은 정말 징글징글한 놈들이었어!”

“진짜 그래. 같은 남자들이라고 무조건 좋게 봐선 안 될 것 같다.”

“맞아.”

일곱 명의 남자들은 모란역 주변의 어느 공터에 앉아 이런 이야기를 나누었다. 점심때가 되어 식사를 하기 위해 자리에서 일어나려는데 맞은편에서 열한 명의 여자들이 걸어오고 있었다. 그런데 그녀들이 일제히 담배를 한 대씩 꺼내더니 입에 물고 불을 붙였다. 그리고 휴우~ 하고 연기를 내뱉었다.

그 모습을 본 일곱 명의 남자들 눈을 휘둥그레졌다. 그리고 반사적으로 욕설을 내뱉기 시작했다.

“저, 저 년들 봐! 어디 여자들이 이런 공터에서 저렇게 막 담배를 피우냐고.”

이렇듯 일곱 명의 남자들은 여성들이 흡연하는 모습에 경악과 충격을 금치 못했다. 용인 구갈동을 피해서 성남 모란으로 오면 이런 광경을 안 볼 줄 알았는가. 이런 광경은 전국 어디에 가든

볼 수 있다. 대체 일곱 명의 남자들은 왜 이런 걸 보고 경악과 충격을 금치 못하는 것인가.

최근에 그들은 담배 피우던 일곱 명의 여자보다 같은 남자들이 더 최악이었다고 말하지 않았는가. 방금 전에도 그런 이야기를 해놓고 여자들이 담배피우는 걸 보자마자 예전처럼 맹비난을 해대기 시작한 것이다. 원래 인간은 이것밖에 안 되는 존재인지. 독선인지, 이기심인지, 아집인지, 알 수가 없다.

일곱 명의 남자들이여, 정신 차려라! 격렬하게 다퉜던 일곱 명의 여자들보다 같은 남자들이 징글맞을 정도로 최악이었다고 혹평한 것이 불과 얼마나 지났는가? 그래놓고 금방 열한 명의 낯선 여자들이 담배를 피우는 걸 보고 투덜거린단 말인가. 그 백 명의 남자들에게 더 혹독하게 당해봐야 이런 생각이 쏙 들어갈까. 그런데 그렇게 당하고도 또 그런다면 도대체 그건 뭘까?

모란역 주변 공터에서 낯선 열한 명의 여자들이 담배를 피우는 걸 보고 그들은 밥맛이 뚝 떨어졌다. 모처럼 모란으로 바람 쐬러 왔다가 못 볼 꼴을 보고 완전히 기분을 망친 그들은 점심도 먹지 않고 그냥 신갈로 돌아가기로 했다.

모란역에서 전철을 탄 일곱 명의 남자들은 아까 본 열한 명의 담배피우는 여자들을 비난하는 데 열을 올렸다.

"아까 모란역에서 본 그 여자들 말이야, 그게 뭐냐고…. 그 여자들은 우리가 모란에 살지 않는 걸 다행으로 알아야 돼! 우리가 거기 살았으면 매일 그곳에 쳐들어가서 그 년들을 그냥 반 죽여 버리지! 참나, 모란에 사는 남자들도 한심하다. 그런 꼴을 보면 그러지 못하게 교육을 시켜야지. 어떻게 그런 걸 보고서 가만히 있느냐고….”

“맞아, 맞아! 우리는 그런 꼴을 그냥 보고만 있지 않았잖아. 철저하게 눌러줬지. 이런 윤리교육은 국가에서 맡아서 해야 되는데.”

“남자들이 담배피우는 건 몰라도, 여자들이 길거리서 그러는 건 절대로 그냥 둬선 안 돼!”

일곱 명의 남자들이 신갈로 내려오는 전철 안에서 성토대회를 열고 있을 때 옆쪽에 앉아 있던 칠십 대 노인이 그들을 뭔가 불만스런 표정으로 노려봤다. 그러다가 한마디 쏘아붙였다.

“이봐요. 난 담배피우는 것에 남자 편도 여자 편도 아니지만 지금 당신들 말은 여성을 완전히 비하하는 거요. 물론 길거리에서 여자들이 담배를 피우면 조금 안 좋게 볼 수는 있소. 이 나라 문화가 원래 그래 왔으니까 말이요. 그렇지만 이제부터라도 그러지 않으려고 노력해야 하지 않겠소? 여자들이 길거리에서 담배 피운다고 당신들에게 특별히 피해준 것은 없지 않소? 그냥 당신들 눈에 그 여자들 모습이 거슬릴 뿐이지. 그리고 전철 안에서 조용히 해주시오. 당신들이 이런 대중교통이나 공공장소에서 떠드는 게 여자들이 길거리에서 담배피우는 것보다 더 역겹고 짜증나니까요.”

　이 노인의 말에 일곱 명의 남자들은 무척 당혹스러워했다. 보통의 칠십 대 노인들 중에서 이런 관념을 가진 사람은 무척 드물기 때문이다. 그래도 이런 사람 덕분에 이 세상은 좁으면서도 넓다는 말을 실감하게 된다.

　그들은 자신들을 노인에게 한마디 대꾸도 못하고 꿀 먹은 벙어리처럼 가만히 있었다. 상대가 아버지뻘 되는 노인이기 때문이었다. 50대 초반인 그들은 속으로 ‘노인들 중에도 이렇게 생각하는 사람이 있구나!’ 라는 생각을 했다.

　전철이 이매역에 다다르자 그 노인은 내렸다. 일곱 명의 남자는 그 노인의 뒷모습만 물끄러미 바라봤다. 전철이 정자역에 정차했을 때 칠십대 후반으로 보이는 할머니가 승차했다. 혁수는 그 노파에게 자리를 양보하기 위해 벌떡 일어났다.

　“여기 앉으세요, 할머니.”

　그런데 혁수의 호의에 그 할머니는 얼굴을 찌푸렸다.

　“자리를 양보해야 할 정도로 내가 그렇게 늙어 보이오? 호의는 고맙지만 난 서서 갈 수 있으니 그냥 자리에 앉으세요.”

　“……?”

　혁수는 할머니의 말에 무척 당혹스러워했다. 그렇지만 더 이상 자리에 앉으라는 말은 하지 않았다. 그저 오늘은 여러 가지로 특별한 날이라는 생각을 했다. 그 할머니는 오리역에서 내렸다.

일곱 명의 남자들은 신갈역에서 내릴 때까지 서로 말없이 침묵을 유지했다. 신갈역에 내린 그들은 술을 마시기 위해 단골인 갈빗집으로 갔다.

식사를 겸해 술을 한 잔씩 하고 혁수의 친구들 다섯 명은 먼저 집으로 갔다. 그들이 간 뒤 동찬과 혁수는 한 잔 더 하려고 다른 술집을 찾았다.

"오늘은 정말 다사다난한 하루였던 것 같다. 혁수야, 안 그래? 모란역 근처에서부터 전철 안에서 있었던 일까지 말이야! 세상은 너무 오묘한 것 같아."

"그러게. 세상에 사람들이 너무 많으니 다양한 생각들을 하고, 그래서 좀 복잡하기도 한 것 같아…. 의외의 일들이 벌어지니 말이야!"

"정말 그런 것 같아."

두 남자는 2차를 마치고 해가 저무는 시간에 단골 노래방으로 3차를 갔다. 오늘도 여느 때처럼 노래 도우미를 불렀다. 5분도 되지 않아 도우미 두 명이 들어왔다. 도우미들은 들어오자마자 춤을 추며 노래를 불렀다.

"불러봐, 불러봐, 노래를 불러봐! 춤춰봐, 춤춰봐, 막춤을 춰봐! 오호, 오호!"

도우미들이 담배를 피우려고 하자 두 남자는 얼른 라이터 불을 붙여주었다.

"우리 아가씨들은 너무 예뻐! 담배피우는 모습도 너무 예뻐, 히히히!"

"저희가 그렇게 예뻐요? 호호호호!"

오늘도 두 남자는 엄청난 위선을 저지르고 있었다. 구갈공원에서 담배를 피우던 일곱 명의 여자들에겐 온갖 시비를 걸고 방해해서 쫓아내더니 지금은 도우미들이 담배를 피우려고 하니 불까지 붙여준다. 대체 왜 이러는 걸까? 같은 여성들인데 왜 이렇게 다른 태도를 보이는 것일까. 어이없는 것은 두 남자가 도우미들과 함께 담배를 피우면서 그 일곱 명의 여자들에 대한 험담을 늘어놓는 것이다.

"아가씨들, 세상에 여자들이 구갈공원에서 담배를 피우는 거 알아? 남자들이면 몰라도 여자에 밖에서 담배를 피워? 세상 말세야."

두 남자의 말에 도우미들은 깜짝 놀라며 눈을 휘둥그레 떴다.

"여자들이 그 공원에서 담배를 피운다고요? 아니, 여자들이 어떻게 그럴 수 있죠? 정말 기가 막힌다."

"바로 그거야. 그래서 우리가 화가 나고 짜증이 나는 거야. 우리가 그 년들을 몰아내느라 엄청나게 스트레스를 받았거든. 다행히 요즘엔 그 년들이 나타나지 않으니 괜찮은데…. 이번엔 남자새끼들이 떼거지로 몰려와서 쓰레기를 아무데나 버리고 고래고래 소리를 지르고. 아, 짜증나. 그래서 그 새끼들과 다툼이 있었는데 우리가 그만 밀려버려서….”

“어머, 그런 일이 있었구나.”

도우미들도 남자들과 함께 그 일곱 명의 여자들을 맹비난했다. 남자들 앞이라 그런 척을 하는 게 아니고 진심으로 말이다. 참으로 이해할 수 없는 일이다.

두 남자는 노래방에서 나와 술도 깰 겸 여기저기 배회했다. 그러다가 문득 백 명의 남자들을 피해 이사를 가야겠다는 생각을 했다.

“혁수야, 우리 구갈동에서 다른 곳으로 이사 가는 게 어떨까? 그 놈들의 횡포가 끊이질 않는데 차라리 다른 곳으로 가서 우리 회원들만의 새 아지트를 만들어보는 거야!”

“글쎄, 이사를 하는 건 좋지만 어디로 가려고?”

“여기서 조금 떨어진 상하동이 어떨까? 그곳에 빌라를 알아보자. 아파트도 괜찮고.”

“상하동?”

제9부 · 상하동 둑방

춘삼월 첫날에 두 남자는 급기야 상하동으로 이사하기로 결정했다. 그들은 바로 다음날 상하동에 가서 집을 알아봤다. 자신들만의 영원한 쉼터라고 여겨왔던 구갈공원 그 벤치를 떠나는 게 무척 속이 쓰렸지만 어쩔 수 없다고 판단했다. 훗날 더 강한 힘이 생기면 이 쉼터를 되찾을 것이란 각오를 다지며 일보 전진을 위한 일보 후퇴의 뜻으로 이사를 감행했다. 혁수도 동찬을 따라 상하동 석초빌라로 이사했다. 용인 상하동은 동찬과 혁수의 인테리어대리점이 있는 곳이라 출근하는 것은 무척 편해졌다.

그들은 이사를 가자마자 아줌마부대 회원들에게 카톡으로 이사한 사실을 알렸다. 동찬과 혁수는 이사 기념으로 수원에 사는 친구 다섯 명을 불렀다. 뷔페에서 회식을 하기 위해서였다.

다섯 남자는 수원에서 일이 끝나자마자 상하동으로 달려왔다.

집들이 겸 뷔페에서 회식까지 마친 일곱 남자는 실개천 산책로로 바람을 쐬러 나갔다. 겨우 해질녘인데 다들 술에 취해 알딸딸한 상태였다.

"야, 우리가 이곳으로 잠시 피했지만 머리를 더 빡세게 굴려서 우리의 영원한 쉼터이자 안락한 흡연공간인 구갈공원 그 벤치를 다시 되찾아야 돼! 그러니까 니들도 더 많이 협조해야 돼!"

"걱정하지 마, 동찬이 형. 우리도 그 또라이 같은 새끼들을 쫓아낼 궁리를 열심히 하고 있으니까."

"그런데 그 놈들이 워낙 젊고 혈기왕성해서…. 우리는 나이도 있고, 절반은 아줌마들이라 힘이 부족해. 다른 데서 더 많은, 젊고 씩씩한 남자들을 포섭해 와야 할 것 같아. 그래야 한 번 붙어보기라도 하지."

"형 말이 맞아. 나도 그렇게 생각해! 그래서 나도 내가 아는 남자애들을 포섭해보려고 노력 중이야. 당장은 쉽지 않더라도 좋은 결과가 있을 거야."

일곱 명의 남자들은 그 벤치에 나타나 자신들을 괴롭히고, 결국엔 자신들을 강제로 밀어낸 그 남자들을 타도할 대책회의를 하며 상하동 실개천 산책로를 여기저기 돌아다녔다. 그러다가 공원 내에 있는 둑방에 가서 앉았다. 주변을 휘둘러보는데, 문득 둑방 맨 끝에 걸터앉아 있는 여자들이 보였다. 어느 정도 거리가 있어 정확하게 보이진 않지만 공중으로 담배연기가 올라가고 있었다. 마치 공중을 나는 학처럼…. 그것을 보자 일곱 명의 남자들은 핏대를 올리기 시작했다.

"아아, 정말 미치겠다. 어디를 가도 꼭 저런 것들이 있으니. 진짜 난 여자들이 길거리서 담배피우는 꼴 좀 안 보고 살고 싶다. 에잇, 재수 없는 것들!"

"형, 참아. 이런 꼴은 어디에 가도 있어."

새로운 쉼터를 찾아 기분 좋게 이곳으로 왔는데, 또 자신들이 가장 싫어하는 광경을 목격하자 그들은 아연실색했다. 그런데 둑방 끝 쪽에 앉아 담배피우고 있는 여자들이 자신들과 치열하게 격돌했던 일곱 명의 여자들이란 걸 알면 기분이 어떨까? 정말 궁금하다.

저번 달, 일곱 명의 여자들은 흡연여성단체 여학생회원들의 남자친구 백 명을 앞세운 후 뒤로 쏙 빠져버렸다. 그녀들의 계획대로 승리를 얻게 되었지만 그렇다고 구갈공원 그 벤치로 돌아가진 않았다. 다시 그녀들이 그곳에 나타나면 반대세력들은 분명 그 백 명의 남자들을 자신들이 뒤에서 사주했을 거라고 생각할 것이기 때문이었다. 나름 머리를 굴린 것이다.

여기저기 자신들만의 평화로운 흡연공간을 찾아 돌아다니던 일곱 명의 여자들은 물 흐르는 소리가 들리는 아름다운 상하동 둑방까지 왔다. 하지만 원수는 외나무다리에서 만난다더니 그 남자들과 또 마주친 것이다. 일곱 명의 남자들은 예전에 구갈공원에서 그랬던 것처럼 그녀들에게 시비를 걸려고 슬슬 준비를 했다.

"동찬이 형, 저것들을 그냥 두고 볼 거야? 손 좀 봐줘야지!"

"가만둘 수 없지. 어제 모란에서 여자들이 담배피우는 꼴을 보고 엄청 짜증났지만 어차피 거긴 우리가 사는 곳도 아니고, 계속 볼 여자들도 아니니까 그냥 피해버렸지만 지금은 문제가 다르지. 내가 이곳으로 이사를 한 것도 새로운 흡연공간으로 마련하기 위해서야. 여기 둑방은 물소리도 좋고 공기도 좋고 우리 쉼터로 딱 좋은 곳이야. 그런데 이곳에도 저런 건달 같은 년들이 있다는 건 정말 짜증나는 일이지. 그냥 넘어갈 수 없으니 쫓아내야지!"

동찬은 상하동 둑방 끝 쪽에서 담배를 피우고 있는 여자들을 쫓아내기로 결심했다. 저녁 7시가 다 되어가는 시간에 일곱 명의 남자들은 서서히 그녀들에게 다가갔다. 곧 대격돌이 일어날 것으로 보였다. 이들 일곱 명의 남자와 일곱 명의 여자는 1월 7일 구갈공원 벤치에서 최초로 격돌했다. 그런데 피할 수 없는 숙명적 악연인지 오늘은 상하동 둑방에서 다시 격돌할 것 같다.

그런데 이 순간에도 일곱 명의 남자는 상하동 둑방 끝 쪽에서 담배피우는 여자들이 그때 그 일곱 명의 여자들이라고 상상조차 하지 않았다. 점점 둘 간의 거리가 가까워졌다. 모습을 알아볼 수 있을 만큼의 거리가 되자 일곱 명의 남자들은 깜짝 놀라서 얼굴이 굳어져버렸다. 담배피우고 있는 여자들이 예전에 구갈공원 벤치를 놓고 첨예하게 부딪쳤던 바로 그 여자들이기 때문이었다.

"아니, 이럴 수가…. 그, 그 여자들이 어떻게 여기서…. 원수는 외나무다리에서 만난다더니…."

일곱 남자는 어이없는 우연에 자신도 모르게 큰소리로 탄식했다. 그녀들도 이 소리를 듣고 고개를 돌려 남자들을 바라봤다. 그리고 그녀들도 깜짝 놀랐다.

"어?! 그 인간들이 여기에 또 나타나다니…!"

"이 년들이…."

서로 양측은 노려보기 시작했다. 일곱 명의 여자들은 자리에서 일어나 남자들의 상태를 살펴보았다. 오늘도 그들은 만취한 상태였다. 1월 7일에 최초로 격돌했을 때도 남자들이 만취 상태라서 힘을 쓰지 못하고 여자들의 기습에 KO패를 당했다. 그땐 그랬지만 오늘은 어떤 결과가 일어날지 모르겠다. 하지만 지금도 일곱 명의 남자들이 만취한 상태라는 게 큰 문제가 될 것으로 보인다. 술에 취하기는 했지만 흡연여성들을 처단해야 한다는 굳은 의지는 하늘을 찌르고도 남았다.

"이것들이 좀 잠잠하다 했더니 여기 와서 이러고 있었군. 원수는 외나무다리에서 만난다고 하더니 정말 징글징글하다. 우리가 너희들 박살내려고 눈이 빠지도록 찾아다녔는데, 오늘 잘 걸렸다. 오늘 네 년들 제삿날인 줄 알아!"

　오늘도 일곱 명의 남자들은 일곱 명의 여자들을 향한 공격 자세를 취했다. 동찬이 먼저 공격을 개시했다. 그러자 동생들 여섯 명이 뒤따라서 공격에 가담했다. 공격 방법은 먼저 그녀들의 머리채를 잡는 거였다.

　"이년들아, 그 놈의 담배연기가 그렇게도 좋냐? 겁대가리 없이 아무데서나 담배를 피우니까 우리한테 자꾸 걸리지!"

　그들은 손을 뻗쳐 그녀들의 머리채를 잡으려고 했다. 그 순간 그녀들은 남자들의 손을 확 뿌리치고 기습적인 라이트스트레이트를 그들의 얼굴에 꽂았다. 아무리 여자의 주먹이라 하더라도 만취 상태인 남자들에겐 적잖은 충격이었다. 남자들이 비틀거리자 그녀들은 이때를 놓치지 않고 레프트, 라이트를 섞어가며 스트레이트를 날렸다. 만취 상태에다 벼락같은 소나기 펀치를 맞은 남자들은 뒤로 나자빠졌다. 그러자 여자들은 그때처럼 구두 뒤꿈치로 내리찍는 무자비한 스탬핑을 날렸다. 엄청난 공격을 받은 남자들은 그만 실신하고 말았다. 바닥에 널부러져 있는 남자들을 두고 일곱 명의 여자들은 유유히 이 둑방에서 떠나갔다. 오늘도 그때처럼 일곱 남자들의 완패였다.

　3월 2일, 상하동 둑방에서 일곱 남자와 일곱 여자의 흡연전쟁 2라운드가 시작되었다. 그들은 상하동으로 이사 왔고, 그녀들도 상하동 둑방을 쉼터를 정했으니 격돌은 피하기 힘든 것으로 보인다. 그런데 오늘도 그들과 불미스런 일이 벌어졌기에 그녀들이 다시 이 둑방으로 올지는 모르겠다.

남자들은 아픈 몸을 이끌고 집에 들어가자마자 흡연여성타도협회 아줌마부대 회원들에게 카톡을 보냈다. 내용은 흡연여성 세력의 핵심멤버인 일곱 명의 여자들이 상하동 둑방에 나타났다는 것이다. 이 카톡을 본 흡연여성타도협회 회원들은 모두 격앙된 분위기였다. 그 여자들을 잡으려고 백방으로 애썼지만 찾지 못해서 속만 썩었던 회원들은 이 카톡을 보자 부글부글 끓어오르며 전의가 불타올랐다.

다음날, 흡연여성타도협회 회원 백사십오 명은 저녁 6시 호키 아파트 놀이터에 재집결했다.

"그 년들이 쥐도 새도 모르게 사라져서 어디로 갔나 했더니 상하동 둑방에 숨어있었구나. 독한 것들! 여자가 담배를 피워보겠다고 발광을 떠니 가만둘 수 없지. 세상이 백 번을 바뀌어도 여자는 밖에서 담배를 피워선 절대로 안 된다고. 우리도 같은 여자지만 여자들이 길거리서 담배 입에 물고 연기 훅훅 불어대는 것 보면 진짜 불쾌하고 짜증나!"

"맞는 말씀입니다. 이 년들이 꽤 오랜 기간 보이지 않는다 했더니 결국 그곳으로 이동을 했더군요. 그런데 아무리 봐도 구갈 공원에서 행패를 부리는 남자들을 그 여자들이 뒤에서 조종하고 있는 것 같아요. 여러 가지 정황으로 봤을 때 그럴 가능성이 높잖아요."

"일리가 있긴 있어요. 하지만 함부로 속단할 순 없지요. 일단 그 남자들과 일곱 명의 여자들 사이에 어떤 연결고리가 있는지 조사해 보기로 합시다."

"그럽시다."

대장 격인 동찬이 말했다.

"여러분, 그간 잘 지내셨습니까? 잠시 휴식기를 가지고 흡연 여성들을 타도할 방법을 고민하다가 오늘에야 이렇게 다시 재집 결하게 되었습니다."

"반가워요. 우리도 흡연여성들을 박멸하기 위한 고민을 많이 했답니다."

"감사합니다. 그건 그렇고, 지금 이곳 호키아파트 놀이터는 모임장소로 좋지 않은 것 같습니다. 이곳은 얼마 전에 그 건달 같은 놈들에게 속절없이 밀려났던 곳입니다. 그 놈들이 또 이곳에 나타날 수 있습니다. 지금 상황에선 그 놈들과 맞닥뜨리면 곤란해지니 제가 이사한 상하동으로 갑시다. 그곳에 가면 여기보다 더 넓은 둑방이 있습니다. 그리고 그곳은 우리의 철천지원수인 일곱 명의 담배피우는 여자들이 나타나는 곳입니다."

"그래요. 둑방으로 갑시다."

호키아파트 놀이터에 모였던 백사십오 명은 곧바로 상하동 둑방으로 이동했다. 7시쯤 되어서야 모두 다 모였다. 일곱 명의 남자들은 알량한 자존심 때문에 어제 이곳에서 일곱 명의 여자들에게 KO패 당한 사실은 비밀로 했다. 그저 그 여자들이 출몰했다는 것만 회원들에게 알렸다.

"여러분, 그 시건방진 일곱 명의 담배피우는 여자들이 바로 여기, 상하동 그 둑방에 나타났습니다. 어제는 그 여자들이 여기에서 담배피우는 걸 보고 훗날을 위해 그냥 피했습니다. 하지만 또 나타날 가능성이 높기에 이곳에다 진을 치면 될 거라고 생각했습니다. 그래서 얼른 집으로 돌아가 이 사실을 여러 회원님들께 통보했던 것입니다."

"아아, 그러셨군요."

"잘 하셨어요."

"어제 여자들이 여기 있던 시간이 저녁 7시쯤이었습니다. 그러니 오늘도 이 시간쯤에 나타날 수 있습니다. 그러니까 우리는 안 보이는 곳에 숨어 있다가 그것들이 나타나면 급습하기로 합시다."

"그거 좋은 생각입니다."

흡연여성타도협회 백사십오 명은 재빨리 흩어져 상하동 둑방 주변의 은밀한 곳으로 몸을 숨겼다. 그런데 백사십오 명이 숨으러 뛰어갈 때 그곳으로 오던 일곱 명의 여자들이 그 광경을 다 지켜봤다. 그녀들은 발길을 멈추고 주변을 예의주시했다. 먼발치에서 본 것이지만 그들이라는 확신이 들었기 때문이다.

"쉿, 방금 저 끝으로 사람들이 달려가는 거 봤지? 분명히 그 사람들은 우리가 담배피우는 걸 훼방하던 그 집단들일 거야. 우리가 둑방 한가운데로 가면 포위하려고 숨은 게 분명해! 그러니 서서히 뒷걸음질 쳐서 재빨리 도망치자! 알았지?"

"알았어."

일곱 명의 여자들은 슬슬 뒷걸음질 치다가 갑자기 번개처럼 빠르게 사라져버렸다. 그녀들이 눈치 채고 도망간 줄도 모르고 이 둑방 주변에 숨어서 그녀들이 오기만을 눈이 빠지게 기다리고 있었다. 하지만 그녀들은 한참을 도망쳐서 이미 하갈동까지 달아나버렸다. 그녀들은 하갈동의 푸른동산 내 공터에 멈춰서 거친 숨을 내뱉었다.

"휴우~, 휴우~! 그것들이 어제 우리에게 호되게 당하더니 또 다 끌고 쳐들어왔네! 그것들을 제대로 보지 못했으면 하마터면 큰일 날 뻔했어!"

하갈동 푸른동산은 신갈저수지와 밀접 되어 있는 곳이다. 한편, 그녀들이 번개같이 도망친 것도 모르고 흡연여성타도협회 백사십오 명은 그 둑방 주변에 숨어서 일곱 명의 여자들이 오기를 기다리고 있었다. 하지만 시간이 꽤 지났는데도 그녀들이 나타나지 않자 이상하다는 생각이 들었다.

"어떻게 된 거지? 어제는 7시쯤에 이곳에 있었는데 오늘은 다른 데로 가버린 건가?"

"그런가 보네. 가는 날이 장날이라고, 오늘 잔뜩 벼르고 왔는데 다른 데로 가버린 모양이야."

"오늘만 날이 아니잖아! 내일도 이곳에 와서 기다리고 있으면 분명 나타날 거야!"

8시 넘어서까지 기다리던 회원들은 포기하고 상하동 둑방 주변을 돌아다니며 바람을 쐬다 각자 집으로 돌아갔다. 물론 그 여자들을 잡으러 내일 또 오기로 약속했다.

하지만 일곱 명의 여자들도 호락호락 당하진 않을 것 같다. 이미 자신들을 괴롭히던 집단들이 몰려온 것을 목격했기에 대책을 마련할 것이기 때문이다. 일곱 명의 여자들은 하갈동 푸른동산에서 자정이 될 때까지 앞으로의 대응방안에 대한 논의를 했다.

"야, 진짜 지독한 것들이다. 우리가 저들에게 구갈공원 그 벤치를 내어 주고 상하동 그 둑방으로 왔는데, 여기까지 악착같이 따라오다니. 우리가 여기로 온 걸 알고서 온 걸까?"

"글쎄, 내 생각엔 그것들도 우리들의 남자친구 부대에게 시달리다가 쫓겨난 것 같은데…. 혹시 저것들이 우리 뒤를 밟은 게 아닐까!"

지금 상황은 흡연여성단체든 흡연여성타도협회든 서로 구갈공원 그 벤치를 차지하려고 싸우다 전자는 후자에게 밀려났고, 후자는 전자의 남자친구 앞잡이들에게 밀려났다. 이런 상황에서 또 다시 전자와 후자가 싸우는 형국으로 들어가는 것이었다.

논의 끝에 나온 대책은 백십이 명의 기존 회원에다 백 명의 남자친구 앞잡이들까지 더해 이백십이 명의 거대한 무적함대를 구축하여 상하동 그 둑방까지 쳐들어온 흡연여성타도협회 백사십오 명과 정면으로 맞붙어 섬멸시키자는 것이었다. 그녀들은 내일 하갈동 푸른동산에서 다시 만나 위에 말한 대책을 심도 있게 논의하기로 하고 해산했다.

여러 번의 논의 끝에 대책을 마련한 흡연여성단체의 대장 격인 선동희가 남자친구 앞잡이들까지 합친 이백십이 명에게 오늘 저녁 6시까지 하갈동 푸른동산으로 모이라는 통보를 했다. 그러자 1중대인 여학생흡연전투요원과 2중대인 남자친구 앞잡이요원들이 약속 장소로 번개같이 모여들었다. 이백십이 명이 모두 모이니 하늘을 두 쪽 내버릴 것 같은 기세가 엿보였다.

수장인 선동희가 앞에 나서며 말했다.

"모두 다 모여 주셔서 감사합니다. 여러분을 이렇게 다시 모이라고 한 까닭은 다름이 아닙니다. 저희 일곱 명은 한동안 휴식기를 가지고 향후 복안에 대해 깊은 숙고의 시간을 보내고 있었습니다. 그래서 여학생전투요원들의 활동을 당분간 중단시켰고, 남자친구 전투요원들에게는 아무 지시도 내리지 않았습니다. 특히 우리 남자친구 전투요원들은 그동안 우리의 원흉이자 여성학대 세력인 그 건달깡패집단들과 싸우느라 무척 고생하는 걸 알기에 저희 멤버들은 이런 모임을 극도로 자제해왔습니다. 저희 일곱 명은 남자친구 전투요원들이 그 건달들과 싸우는 동안 불필요한 오해를 일으키지 않으려고 일부러 구갈공원 그 벤치에 가지 않았습니다. 정말 가고 싶었지만 꾹 참았습니다. 그리고 우린 멀리 떨어진 상하동의 둑방을 임시 아지트로 정했습니다. 그런데 그 건달깡패새끼들 일곱 명이 어떻게 알았는지 우리가 그 둑방에서 담배를 피우고 있는데 난데없이 나타나 또 시비를 걸었습니다. 처음엔 너무 놀라고 당황했지만 침착하게 대응해서 그들을 KO시켜버렸습니다. 그랬더니 어제 그 깡패들이 그때 그들이 결성했던 아줌마부대를 다 끌고 그 둑방으로 쳐들어왔습니다. 우리 일곱 명에게 복수하기 위해 그 놈들이 회원들을 다시 집합시킨 것이지요. 다행히 우리 일곱 명은 그들의 기습작전을 눈치 채고 하갈동 푸른동산으로 피신했습니다. 그래서 오늘 이렇게 여성개혁단체인 흡연여성단체는 그들의 끈질긴 도발에 단호하고 강력하게 응징하기 위한 논의를 해보고자 전체회의를 소집했습니다.”

선동희는 자세하게 상황 설명을 했다. 그러자 백 명의 남자친구 앞잡이요원들이 자신의 생각을 말했다.

“아마 그들은 우리에게 일방적으로 밀려나 갈 데가 없었을 겁니다. 그들이 다른 쉼터를 찾다가 상하동 그 둑방으로 온 것 같습니다. 그런데 그곳에 있던 일곱 분과 그들이 우연히 마주친 게 아닐까 생각됩니다.”

"그럴 수도 있겠군요."

하갈동 푸른동산에서 흡연여성단체가 전체회의를 진행하고 있을 무렵, 상하동 그 둑방에서는 백사십오 명의 흡연여성타도협회 아줌마부대가 진을 치고 일곱 명의 여자들이 나타나기만 기다리고 있었다.

수장 격인 선동희가 다시 말했다.

"듣고 보니 남학생 말이 맞는 것 같습니다. 만남은 우연이지만 지금은 전쟁 상황이 되어버렸습니다. 아마 지금 이 시간에 그들은 상하동 그 둑방에서 우릴 기다리고 있을 게 뻔합니다. 그래서 오늘은 그곳에 가지 않고 여기서 앞으로의 대책을 마련하는 시간을 가지려고 합니다."

"회장님, 내친 김에 그냥 확 쳐들어가 버리죠. 이젠 저희 남학생들까지 있으니 그들에게 밀리지 않을 겁니다. 그러니 지금 당장 쳐들어갑시다."

"서두르기보단 오늘 하루는 심도 있는 회의를 했으면 합니다."

"그럼 저희 남학생전투대원들만이라도 가겠습니다. 우리 백 명으로도 전력은 충분하니까요."

"마음은 알겠지만 오늘은 충분한 시간을 갖고 더 치밀한 전략 전술을 짜는 데 힘을 모읍시다."

"알겠습니다."

여학생들의 남자친구로 구성된 남학생전투요원들은 지금 당장 상하동 둑방으로 쳐들어가 초전박살을 내자고 했지만 선동희는 그들을 만류했다. 한편 밤 8시가 넘어갈 때까지 상하동 그 둑방에서 일곱 명의 여자들이 나타나기만 기다리고 있던 흡연여성타도협회 회원들은 점점 지쳐갔다.

일곱 명의 남자들은 엊그제 당한 참패에 대한 복수심으로 회원들을 끌어 모아 이틀 동안 이곳에 진을 쳤지만 그녀들이 나타나지 않자 발만 동동 굴렀다. 복수심과 응징의 독은 오를 대로 올랐는데, 그 독을 뿜어낼 길이 없자 속만 터지는 것이었다. 그러나 오늘도 일곱 명의 여자들이 나타나지 않으니 그냥 돌아갈 수밖에 없었다. 백사십오 명의 여성흡연타도협회 회원들은 긴 한숨을 내쉬며 집으로 무거운 발걸음을 돌렸다.

아까 선동희 회장이 당장 상하동 둑방으로 쳐들어가자는 남학생전투요원들의 제안을 만류한 것은 메가톤급 전략전술을 구상하고 있었기 때문이다. 그래서 밤에 혼자서 그 메가톤급의 전술을 차분히 정리해 보았다.

선동희가 생각한 전략은 이것이다. 내일 저녁에도 분명히 상하동 둑방에 백사십오 명의 건달깡패집단이 올 것이다. 우리의 전체 요원이 이백십이 명으로 늘어났기에 맞붙으면 손쉽게 승리할 수 있을 것이다. 하지만 그리 싱겁게 이긴다면 분이 풀리질 않을 것이다. 더 짜고 맵고 섬뜩하게 그들을 눌러놓아야 직성이 풀릴 것 같았다. 조금 더 야만적으로 짓눌러주기로 했다.

그래서 내일 우리 2중대가 유인책으로 먼저 그 둑방으로 간다. 그러면 분명히 그들은 2중대 전투요원들을 포위할 것이다. 그때 우리의 2중대 전투요원들은 그들을 처박아버린다. 우리 요원들의 힘에 밀려 그들은 도망칠 것이다.

그때 우리의 1중대 여학생 전투요원들은 사납고 거친 애완견들을 데리고 그들의 퇴로에 잠복해 있다가 그들이 오면 개들을 풀어 놓는다. 개들에게 물어뜯으라는 명령을 내리면 그들을 사정없이 물어뜯을 것이다. 그때 2중대 전투요원들이 번개같이 뒤따라와서 그들을 포위하고 항복을 받아내면 된다. 그리고 시비 걸기 좋아하는 건달깡패훼방꾼들을 무릎 꿇리고 재발방지를 다짐받고 충분한 반성과 사과를 받은 후 풀어주는 것이다.

선동희는 늦은 밤까지 세부적인 전술을 다 마련해놓고 꿈나라로 들어갔다.

제10부 · **여성흡연개혁연합**

날이 밝자마자 선동희는 핵심멤버들인 여섯 명의 여자들에게 이 전술에 대해 말해주었다. 그녀들은 최고의 방법이라며 반색했다.

"선동희 국회의원님, 정말 괜찮은 방법이에요. 그럼 오늘 당장 하는 겁니까?"

"물론 그래야지. 그러니까 얼른 전체 회원들에게 이 전술에 대해 알려주고 저녁 6시까지 하갈동 푸른동산으로 모이라는 문자를 보내."

"네, 알겠습니다."

선동희는 동생들 6명에게 구체적 전술을 말한 뒤, 더 좋은 수가 있는지 궁리에 들어갔다. 저녁시간이 되자, 대장의 명령대로 1중대 여학생부대는 사나운 개들을 무려 백 마리나 데리고 하갈동 푸른동산에 모였다. 2중대 남학생부대까지 모두 이백십이 명의 회원들이 다 모였다. 거기다 개까지 백 마리나 동원되었으니 웅장한 무적함대였다. 선동희가 회원들 앞에 나섰다.

"우리회원님들 너무 멋지십니다. 우리는 이백십이 명이 아니라 삼백십이 명이나 다름없습니다. 확실한 공격수 개들도 있잖아요. 하하하!"

"하하, 정말 그렇습니다."

"자, 본론으로 들어가서, 오늘도 그 시비 걸기 좋아하는 건달 깡패집단들은 지금쯤 상하동 둑방에서 우리를 노리고 있을 겁니다. 그들은 우리 일곱 명만 올 거라 생각하고 방심하고 있을 겁니다. 바로 그 점을 이용할 계획입니다. 오늘의 공격방법에 모두 다 들었을 겁니다."

"네, 잘 알고 있습니다."

"동지여러분! 우리 여성흡연개혁연합 동지 여러분! 오늘이 우리들의 원흉이자 철천지원수인 건달깡패집단을 완전히 박멸시켜버릴 날이 될 겁니다. 고대했던 그날이 바로 오늘입니다."

"맞습니다. 오늘이야말로 그것들은 작살내 버립시다!"

"그런 의미에서 파이팅 한번 외칩시다!"

"파이팅! 파이팅! 파이팅!"

"작전에 대해 다 숙지하고 있으니 더 이상 지체하지 말고 당장 쳐들어갑시다. 승리를 위하여 달려갑시다!"

와아아아아아!

실로 어마어마한 연합군이었다. 백십이 명의 여학생전투요원 1중대와 남학생전투요원 2중대에다 사납고 거친 애완견 백 마리까지 합해서 삼백십이 명의 여성흡연개혁연합부대이 상하동 그 둑방을 향해 진격하였다. 걸어가기엔 꽤 먼 거리였지만 아랑곳하지 않았다. 오직 목표를 위하여! 여성흡연에 사사건건 시비를 거는 악랄한 세력들을 박멸시켜버린다는 데 모두 일심동체가 되어 있었다.

밤 8시에 여성흡연개혁연합 대부대가 격전지인 상하동 둑방 근처에 도착했다. 백사십오 명의 반대세력은 구석에서 진을 치고 일곱 명의 여자들이 나타나기만 잔득 벼르고 있었다.

"정말 미치겠네. 이 년들이 왜 이리 나타나지 않는 거지? 오늘 나타나기만 해봐. 아주 확 짓눌러버릴 테니. 우리나라 같은 동방예의지국에서 여자들이 길거리에서 담배를 피우는 만행을 저질렀으면 반성하고 조심할 줄 모르고, 도리어 우리를 공격하고 맞장을 뜨다니…. 이 버릇없는 년들, 싸가지 없는 년들은 말로 해선 안 돼. 완전히 발로 밟아버리는 수밖에 없어!"

여성흡연개혁연합 대부대는 곧바로 적의 진지로 쳐들어가지 않고 일단 적의 동태를 예의주시했다.

"분명히 저들은 저 구석 쪽에 숨어 있을 거야. 전략대로 먼저 2중대가 가서 적들을 유인해. 저들이 쳐들어오면 그대로 맞받아치는 거야. 저들이 도망치면 이 퇴로에서 기다리고 있던 1중대가 백 마리의 개들을 풀어버리려. 알겠어?"

"네, 알겠습니다. 선동희 국회의원님."

작전은 굉장히 빠르게 일사천리로 진행되었다. 백 명의 남학생전투요원들은 둑방 가운데로 달려가 숨어 있는 적들을 찾아냈다. 그러자 흡연여성반대 세력은 깜짝 놀라며 몹시 당황해했다. 백 명의 남자들은 얼마 전, 구갈공원 그 벤치에서 행패를 부리고 자신들을 몰아냈던 악당들이기 때문이다.

"어떻게 이 악당들이 여기에 왔지?"

"어어, 이쪽으로 몰려오는데…? 설마 했건만, 역시 저것들이 그 일곱 명의 여자들의 사주를 받은 게 틀림없어!"

남학생전투요원들은 둑방 구석구석을 샅샅이 수색하던 중 구석에 잠복해 있는 일곱 명의 남자들을 찾아냈다. 그들을 보자마자 맹렬히 돌진했다.

"저것들이 저기에 있다. 가서 다 붙잡아 와!"

백 명의 남학생부대가 사나운 맹수처럼 달려들자 백사십오 명의 흡연여성반대세력은 겁에 질려 도망치기 시작했다. 그들이 대적해보지도 않고 도망치는 이유는 저번 달 26일에 구갈공원 그 벤치에서 맞붙었을 때, 맥없이 밀려난 전적이 있기 때문이다. 그때 기가 크게 꺾여 일종의 트라우마가 작용한 것이다.

그들은 퇴로를 향해 쏜살같이 도망쳤다. 이것을 그냥 두고 볼 남학생전투부대가 아니었다. 그들보다 더 쏜살같이 뒤쫓아 갔다. 지금 상황이 흡연여성단체가 세운 전술대로 진행되어 가고 있었다.

백사십오 명의 흡연여성타도협회 아줌마부대가 정신없이 도망치고 있을 때, 퇴로에서 기다리고 있던 여학생전투요원 1중대는 사납고 거친 백 마리의 개들을 풀어 놓았다.

"자, 이젠 너희 차례야. 저들을 마구 물어뜯어다오. 빨리!"

주인의 명령을 다 알아들었다는 듯 백 마리의 사납고 거친 개들이 고개를 끄덕이며 꼬리를 흔들었다. 그리고 백 마리의 개들이 퇴로를 향해 달려오는 백사십오 명의 아줌마부대회원들을 마구 물어뜯기 시작했다.

컹컹컹! 착착착! 퍽퍽퍽!

"웬 개들이 이렇게 많아?"

"이, 이거 완전히 당했어!"

아아아아악! 으으으으윽!

여기저기에서 개들에게 물어뜯기는 사람들의 비명소리가 들렸다. 아줌마부대회원들은 너무 놀라고 무서워서 얼굴이 하얗게 굳어버렸다. 개들은 그들을 거칠게 물어뜯고 할퀴었다. 그들은 개들을 피해 도망치려고 했지만 여학생전투요원 1중대가 가로막고 있었다.

개들이 공격하는 사이에 남학생전투요원 2중대가 달려와 합세했다. 백사십오 명의 흡연여성타도협회 아줌마부대는 흡연여성단체 여학생부대 1중대와 남학생부대 2중대, 그리고 사납고 거친 개들에게 완전히 포위되어 버렸다. 그들은 개들에게 물어뜯겨 온몸 여기저기에서 피를 줄줄 흘리며 비명을 질러댔다. 완전히 독 안에 든 쥐였다.

흡연여성단체 대장인 선동희가 그들을 향해 호통을 쳤다.

"오늘 당신들이 이렇게 된 건 하늘의 천벌을 받았기 때문이오. 여성을 학대하고 차별하며 여성흡연을 죄악시하는 당신들의 그 못된 습성을 우리가 하늘을 대리해 처벌하는 것이오."

"제발, 그만 해! 사람 잡겠어!"

"으으윽흑! 살려줘!"

흡연여성타도협회 아줌마부대 회원들은 백 마리의 사납고 거친 개들에게 1시간가량 물어 뜯겼다.

이젠 시간은 밤 9시로 접어든다. 그들은 완전 실신되고 말았다. 흡연여성단체 수장인 선동희가 명령했다.

"2차로 훈육이 필요한 시점이니까 개들의 공격을 중단시켜요. 빨리!"

"네, 알겠습니다."

여학생전투요원들은 흥분한 개들의 공격을 억지로 중단시켰다. 개들의 공격을 받은 흡연여성반대세력의 모습은 처참했다. 마치 수마가 할퀴고 간 황량한 벌판 같았다. 동희가 그들 앞에 나서 심문하기 시작했다.

"당신들에게 묻겠다. 왜 우리들이 담배피우는 걸 간섭하고 시비를 걸었는가? 여자이기 때문인가?"

"……."

그들은 고통스러운 신음소리만 낼 뿐 아무 대답도 하지 못했다.

"그동안 우리에게 한 짓을 무릎 꿇고 사과해. 그리고 앞으로 구갈공원 그 벤치에 나타나서 우리가 담배피우는 데 간섭하거나 시비를 걸지 않겠다고 약속해. 어서!"

쓰러져서 끙끙 앓고 있던 백사십오 명은 억지로 몸을 추스르며 땅바닥에 무릎을 꿇기 시작했다. 그리고 고통스러운 신음소리를 내며 동희의 명령에 대답하려고 애썼다.

"으으흑, 잘못했습니다. 다시는 그러지 않겠습니다. 약속합니다."

"약속할 테니 빨리 병원에 가서 치료를 받게 해주십시오. 부탁드립니다."

"좋아. 앞으로 돌아다니면서 담배피우는 여자들에게 간섭하고 시비를 걸지 않겠다는 약속을 각서로 남기면 풀어주겠다."

"그, 그러도록 하겠습니다."

흡연여성타도협회의 핵심멤버인 일곱 명의 남자들은 여학생들이 준비해온 종이와 펜을 들고 각서를 쓰기 시작했다.

'저희는 앞으로 어디에서든 여자들이 담배를 피운다고 간섭하거나 시비를 걸지 않겠습니다.'

일곱 남자들이 각서를 쓰는 동안 선동희를 비롯한 여섯 명의 여자들은 그 장면을 핸드폰으로 촬영했다. 자발적으로 각서를 작성했다는 증거물을 남기기 위해서다. 각서를 받은 선동희가 선심 쓰듯 말했다.

"당신들이 각서를 작성하고 사인도 했소. 우리가 그것들을 촬영까지 했으니 법적인 문제가 생기면 증거물로 사용하겠소. 그만 돌아가서 치료받으시오."

흡연여성단체는 약속대로 그들을 풀어주었다. 그들은 상처 난 아픈 몸을 이끌고 치료를 받기 위해 빨리 이동했다. 속으로는 이를 바득바득 갈면서 말이다.

'오늘은 우리가 방심해서 너희들에게 당했지만 조만간 확실하게 복수해 주겠다!'

이렇듯, 백사십오 명의 흡연여성타도협회는 예상치 못한 강한 공격에 부상까지 입고 항복해 버렸다. 흡연여성단체의 여학생전투요원 1중대와 남학생전투요원 2중대, 그리고 그들의 사납고 거친 개들까지 혼연일체가 되어 이뤄낸 대승이었다.

그러나 오늘 승리했다고 앞으로 이 승리가 계속될 거라고 장담할 수 없다. 물고 물리는 치열한 흡연전쟁의 끝은 무엇일까? 아무도 모른다. 각자가 여성흡연에 대한 가치관에 달린 문제이기에 해결은 쉽지 않을 것이다. 인간에겐 약자를 무시하고 짓밟으려는 본능이 있기 때문이다. 개과천선이 필요한 시점이다.

흡연여성 세력에게 이날 밤은 즐겁고 편안한 밤으로 기억될 것이다. 자신들이 이 땅에서 여자라는 이유로 차별받는 수많은 이들을 위한 작은 승리를 거두었다는 자부심 때문이었다.

하지만 여성흡연반대 세력에겐 이날 밤은 끔찍한 악몽 같은 밤으로 기억될 것이다. 다행히 개들에게 물린 상처가 병원에 갈 정도는 아니었다. 그들은 약국에서 연고와 밴드를 사서 스스로 치료를 했다.

상처가 무척 쓰리고 아팠지만 이걸로 경찰에 신고는 하지 않기로 했다. 처음엔 분한 마음에 당장 경찰서로 달려가고 싶었지만, 구갈공원 벤치를 둘러싼 흡연문제로 몇 번이나 경찰 조사를 받았기 때문에 망설여졌다. 사실 신고해도 속 시원히 해결해주지 않을 거라는 걸 알기에 포기해버린 것이다. 무엇보다 경찰들은 이 문제를 쌍방 간의 다툼으로 취급할 게 뻔했다. 그들은 패배의 분한 마음으로 이를 갈며 잠자리에 들었다.

다음날 날이 밝자, 그들은 어젯밤에 반성의 각서까지 쓴 사실은 새까맣게 잊고 복수전을 벌이기 위한 역적모의를 시작했다. 일곱 명의 남자들을 중심으로 백사십오 명은 오후 2시부터 호키 아파트 놀이터에 모여 강력한 복수를 위한 묘수를 짜내고 있었다. 그들이 짜낸 묘수는 이것이다. 어제 참패의 원인은 수적 열세 때문이었다. 거기에다 백 마리의 사나운 개들까지 합세된 상대를 대적할 수는 없었다. 흡연여성타도협회 아줌마부대 대장인 전동찬이 말했다.

"예상했던 대로 구갈공원 그 벤치에서 행패를 부리던 놈들은 그 일곱 명의 여자에게 사주를 받고 그런 거였어. 그 년들 정말 집요하고 악랄한 것 같아! 개들까지 끌고 나온 걸 보면 우리와 끝까지 해보겠다는 건데…. 어제는 자신들이 이겼다고 좋아했겠지만 본게임은 지금부터지. 최종 승리는 우리 것이야. 푸하하하!"

"아무렴요. 정의가 승리하는 법이죠."

"여러분들 중에 그것들을 완전히 보내버릴 만한 획기적인 묘책이 있으면 말씀해주십시오."

부대장 격인 함혁수가 말했다.

"형님, 어제의 주요 패인은 수적 열세인데, 우리도 세를 불릴 수 있는 좋은 묘수가 있을까요?"

아줌마부대 중 한 아줌마가 자리에서 벌떡 일어나 말했다.

"저도 그렇게 생각해서 우리와 함께 할 사람들을 여기저기 알아봤어요. 그런데 그런 사람들을 찾기가 어렵더라고요. 그래서 생각한 건데, 어제 그것들이 수많은 개들을 데리고 나온 것처럼 우리도 더 사납고 더 많은 개들을 데리고 나가는 겁니다. 개들뿐만 아니라 고양이들까지 동원하면 수적 열세를 극복할 수 있을 것 같은데, 제 아이디어가 어떠세요?"

아줌마회원의 제안은 제법 그럴싸해 보였다. 일곱 명의 핵심 멤버들도 괜찮은 듯 고개를 끄덕였다.

"회원님 말씀대로 흡연여성타도운동에 동참하려는 애국시민들을 확보하기가 어렵다면 어제 그들이 썼던 방법들을 쓰는 것도 좋다고 생각합니다. 그런데 고양이까지 동원하자고 했는데, 고양이가 개만큼 전투력이 강할까요? 그 점이 걱정되는군요."

"걱정 마세요. 개보다 더 사납고 거친 고양이들도 많으니까요. 그런 고양이들만 고르면 된다고 생각합니다."

"아, 고양이가 그런가요? 다행이네요. 하하하하!"

"그럼 그 많은 개와 고양이들을 어떻게 동원시킬까요?"

"저희가 최대한 끌어 모아 보겠습니다."

"그래 주시면 너무너무 고맙지요. 하하하."

한 아줌마의 제안을 다음 공격방법으로 채택하고 그들은 오후 5시에 해산했다. 그 아줌마는 회의가 끝나기 무섭게 곧바로 구갈동과 신갈동에 사는 지인들에게 키우는 개와 고양이를 빌려달라고 간곡히 부탁했다. 다른 회원들도 지인들에게 전화를 걸어 개와 고양이를 빌려달라고 부탁했다. 그 결과, 개 백 마리와 고양이 백 마리를 확보했다.

이로써 흡연여성타도협회는 백사십오 명의 정예요원에 1중대인 개 백 마리와 2중대인 고양이 백 마리가 보강되어 총 인력이 삼백사십오 명이 되었다. 이백 마리는 사람은 아니지만 편의상 '명'이라고 하겠다. 아무튼 삼백사십오 명이 되었다. 그것도 회의가 끝나자마자 불과 2시간 만에 이루어낸 성과였다.

어쨌든 대단하다. 그렇게도 여자들이 길거리에서 담배피우는 모습이 못마땅해서 사활을 걸고 막으려고 하다니…. 당신들 인생도 참으로 한심하다 못해 처량하다. 그런데 그들은 이런 행동에 사회정화 차원이라는 사명감마저 갖고 있었다. 대외적인 명분은 흡연이 남자보다 여자에게 더 해롭다는 것인데, 그들이 언제부터 그렇게 여성들 건강에 관심이 많았단 말인가? 다른 사람들 건강에 관심도 없으면서 어떻게든 명분을 만들어 보려고 거짓말을 하는 것이지. 진짜 속내는 여자들이 담배피우는 꼴을 보기 싫은 것뿐이다. 이게 정답이다.

이날 저녁, 일곱 명의 남자들은 내일 상하동 둑방으로 쳐들어갈 만반의 준비를 했다. 마음은 지금 당장이라도 둑방으로 쳐들어가고 싶지만, 패배가 뻔한 싸움은 할 수 없기에 애써 자제했다. 상하동 둑방에서 쫓겨난 일곱 남자들은 다른 곳에 가서 내일의 공격을 위해 더 치밀하고 정교한 전술을 짰다. 아마 내일 저녁도 승리에 도취된 흡연여성단체가 상하동 그 둑방을 점령하고 있을 것이다.

한편, 흡연여성단체는 상하동 둑방 주변에서 어제의 큰 승리를 자축하는 파티를 열고 있었다.

"바로 이곳이 우리가 건달깡패집단을 깨부숴버린 그 지점이지! 으하하하하하!"

"그래요. 바로 여깁니다. 키키킥!"

"멍멍멍!"

1중대인 여학생부대와 2중대인 남학생부대가 승리를 자축하는 대화를 나누자, 3중대인 애완견 백 마리도 대화에 동참하듯 '멍멍' 소리를 내어 짖었다. 어젯밤 그들의 항복을 받아서 기쁜 것은 알겠지만 너무 자만하면 안 된다. 그럴수록 경계태세를 더 강화해야 할 텐데 승리에 도취되어 있는 것 같아 안타깝다.

지금 이 시간, 반대세력은 어제 당한 수치를 앙갚음하려고 더 많은 개와 고양이까지 확보해놓지 않았는가! 다 합치면 무려 삼백사십오 명이다. 이런 살벌한 상황도 모르고 어제의 승리만 생각하며 환호성을 터뜨리고 있으니 답답하기 짝이 없다. 방심은 금물인데, 어젯밤 그들에게 받은 각서가 대체 뭔 효과가 있다고!

아무튼 양측은 서로 판이한 밤을 보내고 있었다. 한 쪽은 이를 갈고 복수전을 준비하고 있는데, 다른 한 쪽은 승리에 도취되어 긴장이 풀어져버렸다. 이렇게 되면 결과는 안 봐도 뻔하다.

어제 재빨리 움직이며 만반의 전투태세를 갖춘 흡연여성타도 협회는 해질녘에 수많은 개와 고양이들을 데리고 엊그제 치욕을 맛본 그곳에 가서 진을 쳐버렸다. 개와 고양이까지 합쳐 무려 삼백사십오 명의 대군이다.

저녁 7시가 조금 넘자 그들의 예상그대로 흡연여성단체가 나타나기 시작하였다.

"저기 저 년들이 오고 있다. 회원들은 빨리 전투태세를 갖추도록 하시오."

"네, 알겠습니다."

드디어 복수의 기회가 다가오고 있었다. 흡연여성단체 전원이 그 둑방 한 가운데까지 다다르자, 바로 그때 개와 고양이 합쳐 삼백사십오 명의 대군이 거칠게 쇄도하기 시작했다.

"와아아아아! 저것들을 잡아라, 꽉 잡아라!"

"하나도 놓치지 말고 모조리 잡아라! 놓치면 안 돼!"

예상 밖의 급습에 흡연여성단체는 깜작 놀라 몹시 당황했다. 몰려오는 적군들을 보니 사납게 보이는 개와 고양이들까지 있었다.

흡연여성단체 수장인 선동희는 당황스럽지만 침착해지려고 애썼다.

"회원님들, 당황하지 말고 진정하세요. 이럴수록 침착해야 합니다. 보아하니 저 놈들도 우리를 따라 개와 고양이까지 동원한 모양입니다. 그래봤자 우리보다 조금 더 많아 보일 뿐입니다. 일촉즉발의 상황이 왔을 때, 망설이지 말고 처박아버리십시오. 어차피 복불복입니다. 자, 모두 파이팅!"

삼백사십오 명의 흡연여성타도협회 대군과 삼백십이 명의 흡연여성단체 대군 간이 다시 격돌하려고 했다. 흡연여성타도협회 대군이 삽시간에 흡연여성단체 대군을 에워싸 버렸다. 급기야 양측 맞부딪쳤다. 삼백사십오 명의 대군과 삼백십이 명의 대군 간의 숨 막히는 대격전이었다. 전투가 벌어지자 가장 먼저 양측의 동물들이 서로 물어뜯고 할퀴었다.

"루키야, 저것들을 막 물어뜯어! 어서!"

"방울아, 저것들을 물고 늘어져! 얼른 얼른!"

흡연여성타도협회 쪽의 개와 고양이 이백 마리가 수적 우위를 바탕으로 흡연여성단체 쪽의 개 백 마리를 세차게 몰아붙였다. 그러자 흡연여성단체의 개들이 속수무책으로 밀리기 시작했다. 개들이 밀리자, 2중대인 남학생요원들이 거칠게 밀고 들어갔다. 바로 뒤따라서 1중대인 여학생요원들도 막 밀고 들어갔다. 그러자 반대세력인 삼백사십오 명의 대군은 수적 우위를 바탕으로 더 거칠게 밀어붙였다.

상하동 그 둑방에서 인간들과 동물들이 혼합된 패거리들 간에 유혈이 낭자한 혈투가 벌어지고 있었다. 처음엔 대등한 싸움을 벌이던 흡연여성협회가 수적으로 우세한 흡연여성타도협회에게 점점 밀리기 시작했다. 저녁 7시에 시작한 전투가 벌써 30분이 넘어가고 있었다.

서로 지쳐갈 무렵, 오늘 전투의 승부를 가르는 승부처가 나타났다. 그것은 바로 흡연여성타도협회가 야심차게 기획한 백 마리의 고양이부대였다. 고양이들은 전투 초반엔 관망만 하고 있더니 종반으로 넘어가자 주특기인 플라잉 물어뜯기를 자유자재로 구사했다. 사납고 거친 고양이들이 상대세력의 사람들과 개들을 쓰러질 때까지 물고 뜯고 할퀴는 무차별 공격으로 흡연전쟁의 마침표를 찍어나가기 시작했다. 일반적으로 고양이가 개보다 싸움에 약할 거라고 생각하지만 그것은 대단한 오해였다. 실전전투에서 고양이들은 3차원으로 날아다녔다.

고양이 백 마리의 활약으로 전투는 흡연여성타도협회의 압승으로 마감되었다. 엊그제와 정반대의 상황이 벌어졌다.

바닥에 쓰러져 있는 흡연여성협회 삼백십이 명의 대군은 개와 고양이에게 물리고 뜯긴 상처 때문에 비명을 질렀다. 그들을 향해 동찬이 분노에 찬 목소리로 꾸짖었다.

"너희들이 엊그제 우리를 이겼다고 우리가 완전 포기하고 물러설 줄 알았지? 어림없는 일이다. 니들이 남학생들을 사주하고, 비겁하게 사나운 개들까지 이용해서 우릴 공격했지! 그때 위기를 모면하고자 앞으로 담배문제로 시비를 걸지 않겠다는 각서를 써 준거다. 만약 너희들이 그 각서를 액면 그대로 믿었다면 참으로 어리석은 것이지! 우리는 패배의 눈물을 흘리며 복수의 칼을 날카롭게 갈았다. 바로 이런 순간을 위해서!"

"ㅇㅇㅇ… ㅇㅇㅇ윽…."

흡연여성단체 회원 백십이 명은 바닥에 쓰러진 채 상처 난 부위를 움켜잡고 고통스러운 신음소리를 냈다. 이들이 데려온 백 마리의 개들도 상대세력의 개와 고양이들에게 심한 공격을 받자 서서히 도망쳐버렸다. 흡연여성타도협회의 개와 고양이 이백 마리는 굳건히 자리를 지키고 바닥에 쓰러져 있는 포로들의 동향을 주시했다. 백사십오 명의 흡연여성타도협회 대군은 이백 마리 동물대군들의 힘을 믿고 더욱 기세등등해졌다.

"하하하! 너희들이 동원한 개들은 다 도망쳐버렸다. 어떻게 훈련을 시켰으면 한 마리도 남지 않고 다 달아나버리겠나. 그만큼 니들이 싸가지가 없다는 증거겠지! 여자들이 길거리서 담배나 뻑뻑 피워대는데 그런 모습을 동물들이라고 좋아하겠나. 당연히 싫으니 저렇게 달아나버린 것이지!"

"그렇지요. 우리 동찬이 형님 말씀이 백 번 맞습니다. 크크크!"

고통에 신음하던 흡연여성단체 회원 백십이 명은 이 위기에서 벗어나기 위해 저녁 8시쯤, 항복의 뜻을 내비쳤다.

"으으으…, 우리가 항복하겠다. 그러니 이제 보내다오."

"항복하겠다고? 하하하, 우리는 너희들처럼 어리숙하게 각서 같은 걸 요구하진 않는다. 너희들은 우리가 쓴 각서가 대단한 효력이라도 있다고 생각했겠지! 그만큼 니들이 세상을 잘 모르는 철부지라는 뜻이야!"

"아무튼 항복하겠다. 그리고 당신들이 원하는 대로 구갈공원 벤치든, 상하동 둑방이든 길거리에서 담배를 피우지 않겠다. 그러니 우리를 보내달라!"

흡연여성단체의 수장인 선동희가 한 항복선언은 엄청난 굴복이자 굴욕이었다. 그러나 그녀도 부상을 치료해야 한다는 절박함에 그런 굴욕을 감내할 수밖에 없었다.

"이 위기에서 빠져나가려고 쇼를 하는군. 너희를 풀어주면 돌아가서 더 세력을 끌어 모아 우리에게 복수하려고 하겠지. 하지만 풀어줘도 별 힘도 못 쓸것들이라 내가 특별히 은혜를 베풀어 석방시켜 주겠다! 단, 방금 네 년들이 약속한 대로 구갈공원 벤치든, 상하동 둑방이든 앞으론 길거리에서 절대로 담배를 피우지 마라! 만약 또 그런 짓을 하다 우리 눈에 보이면 우리가 데려온 개와 고양이들에게 초전박살 날 줄 알아라! 어쨌든 지금 당장 니들을 풀어줄 테니, 다시 한 번 강조하지만 구갈공원 벤치나 상하동 둑방엔 얼씬도 하지 마라! 알겠나?"

"알겠다. 으윽흑!"

흡연여성단체의 핵심멤버인 일곱 명의 여자들은 '구갈공원 벤치나 상하동 둑방엔 절대로 나타나지 않겠다.'는 약속을 하고 밤 9시가 넘어 전원이 풀려났다. 풀려나자마자 이들은 치료를 하러 황급히 달려갔다. 다행히 병원에 가서 치료를 받아야 할 정도의 큰 부상은 아니었다. 엊그제 반대세력들이 그랬던 것처럼 연고와 밴드를 사서 자가 치료를 했다.

오늘 밤은 흡연여성단체 백십이 명에겐 참혹하고 굴욕적인 날이었다. 엊그제 경쾌하고 호쾌하게 그들을 무찌를 때는 자신들의 완승으로 전쟁은 끝났다고 판단했다. 사실 그들에게 받은 '여자들이 길거리에서 담배피우는 것에 대해 간섭하거나 시비 걸지 않겠다.'는 각서를 믿은 것부터 어리석은 짓이었다.

이런 어리석음이 불러온 패배의 상처에 연고와 소염제를 바르며 분노의 눈물을 흘렸다. 이들은 회의고 뭐고 할 상황이 아니라 그냥 각자 집으로 돌아갔다. 일단 휴식과 안정이 필요하기 때문이다. 그러나 집으로 돌아간 일곱 명의 여자들은 자신들의 판단 미숙과 오판으로 당한 오늘의 굴욕이 너무너무 분하고 원통하여 잠을 이루지 못했다. 그래서 홀로 눈물의 소주를 들이켰다. 눈물의 소주를 너무 많이 마신 탓에 일곱 명의 여자들은 잠을 이루지 못하고 밤새 이리저리 뒤척였다.

"동물들에게 눌려 참패를 당하다니… 너무 분하고 원통하다!"

자, 앞으로 또 어떤 일들이 일어날 것인가! 이들의 성격과 성향으로 봤을 때, 그냥 넘어갈 것 같진 않아 보인다.

한편 흡연여성개혁연합 여학생전투요원 1중대와 남학생전투요원 2중대도 분노 섞인 눈물의 소주를 퍼마셨다. 분한 마음이 소주를 삼켜버린 밤이었다. 흡연여성단체 회원들이 밤새 마신 소주가 체내에서 빠져나갈 때 쯤 날이 밝아왔다.

오늘은 일요일. 아침에 눈을 뜬 이들은 잠시 멍하니 앉아 있었다. 그러다 문득 '담배연기도 신분이 있다'라는 말이 떠오르자 정신이 바짝 들었다. 일곱 명의 여자들은 아픈 몸을 벌떡 일으켰다. 그리고 어제의 패배를 만회하기 위한 궁리를 시작했다. 하지만 아무리 궁리를 해봐도 정답은 세 불리기밖에 없었다.

가장 원시적인 방법이지만 상대세력을 제압하기 위해선 수적 우위밖에 없었다. 수장인 선동희는 이호수, 최은지에게 전화를 걸었다.

"너희 대학 학생들을 최대한 끌어 모아. 이것밖에 방법이 없어. 오늘 중으로 다 끌어 모으도록 해."

"그래, 알았어!"

호수와 은지는 지체 없이 흔쾌히 대답했다. 흡연여성단체의 제 1원칙이 수장의 명에 무조건 복종한다는 것이다. 그래서 두 여자는 곧바로 자신이 동원할 수 있는 모든 사람들에게 접촉을 시도했다.

두 여자의 노력에 하늘도 감복했는지 두 대학에서 여성흡연개혁연합의 투쟁에 동참하겠다는 이들이 무려 총 칠천 명에 달했다. 어마어마한 숫자였다. 일곱 명의 여자들은 칠천 명의 새로운 인원들에게 오늘 모이라고 통보를 보냈다. 반대세력들과 마찰이 있었던 곳을 피해 하갈동 푸른동산에서 저녁 6시에 모이기로 했다.

시간이 되자 새로 확충된 칠천 전사들이 푸른동산으로 모여들었다. 기존의 백십이 명의 회원에다 새로운 칠천 명의 전사가 하갈동 푸른동산을 채운 모습은 그야말로 장관이었다. 어제 전투에서 도망친 백 마리의 개가 있었더라면 더 든든했겠지만 아쉬워도 어쩌겠는가. 하갈동 푸른동산에 집결한 칠천이백십이 명의 전사들을 향해 수장인 선동희가 말했다.

"이렇게 많은 분들이 모여주시니 몸 둘 바를 모르겠습니다. 강촌대에서 삼천오백 명이, 강초대에서 삼천오백 명이 우리의 대의에 동참해주셨습니다. 너무너무 감사하고, 진심으로 환영합니다. 우리 여성흡연개혁연합을 위해 이렇게 많은 분들이 참여해주셨다는 것은 여성의 자유로운 흡연문화가 하루빨리 정착되어 흡연에 대한 남녀차별이 완전히 사라지기를 바라는 하늘의 뜻이라고 봅니다. 우리가 선봉에 서서 여성흡연자들이 길거리에서 당당하게, 자유롭게 담배를 피울 수 있는 사회를 만듭시다. 그것이 제 소원이고, 수많은 여성흡연자들의 소원일 것입니다. 여러분의 동참으로 그런 날이 좀 더 앞당겨질 것 같습니다."

와아아아아아아아!

선동희의 웅변에 화답하듯 칠천이백십이 명의 병사들이 우렁차게 함성을 질렀다.

"그 날이 바로 오늘이 되도록 지금 당장 그들과 싸웁시다!"

"맞습니다. 지금 당장 쳐들어갑시다!"

3월 8일 일요일 저녁 6시에 하갈동 푸른동산에 모인 여성흡연개혁연합 칠천이백십이 명의 병사들 사기가 당장이라도 쳐들어가 쑥대밭을 만들 것처럼 기세등등했다. 하지만 일곱 명의 여자들 중 이호수와 최은지는 지금 당장 복수전을 벌이는 것에 회의적인 반응이었다.

아마 그들은 지금 상하동 그 둑방에 모여서 어제 거둔 대승을 자축하고 있을 것이다. 그래서 지금이 좋은 공격 기회일 수 있다. 하지만 다른 각도로 생각해보면, 한참 시간이 지나서 공격하면 파괴력이 더 클 수 있다. 한 달 정도 구갈공원 그 벤치나 상하동 그 둑방에 나타나지 않으면 자신들이 완전히 굴복한 거라고 생각할 것이다. 그래서 전의를 완전 상실한 여성흡연 세력이 해산했을 거라고 믿을 수 있다. 즉, 싸움을 포기하고 완전히 해산한 것처럼 위장전술을 벌이자는 것이다. 그러면 반대세력은 자신들의 승리가 확실해졌다고 생각하고 해이해져버릴 것이다. 그들이 무방비 상태가 되었을 때 대규모 공격을 하면 그들 조직은 쑥대밭이 될 것이다.

이호수와 최은지의 의견에 다른 멤버들도 공감했다. 지금 당장 쳐들어가 쑥대밭을 만들자고 외치는 칠천 명의 학생들은 공격을 뒤로 미루는 것을 무척 아쉬워했다. 하지만 더 확실한 복수를 위해 공격을 잠시 뒤로 미루는 것이 더 낫다는 분위기가 우세했다. 결국 두 여자의 의견에 따르기로 하고 전체 회의는 끝났다.

그런데 이들이 회의를 하고 있을 즈음, 하갈동 푸른동산의 산책로로 노인 부부가 지나가고 있었다. 그런데 공교롭게도 두 노인은 3월 1일에 일곱 명의 남자들이 모란역에 바람 쐬러 갔다가 돌아오는 전철 안에서 만난 사람들이었다. 할아버지는 흡연여성들을 헐뜯는 그들의 대화를 듣고 점잖게 나무랐고, 할머니는 그들의 자리 양보를 점잖게 사양했다. 당시 할아버지는 서울에 다녀오는 길이었고, 할머니는 성남에 다녀오는 길에 일곱 명의 남자들을 만난 것이다.

상갈역 주변에 사는 노인 부부는 저녁 식사를 마치고 운동 삼아 산책을 하던 중이었다. 그러다 하갈동 푸른동산에서 흡연여성단체 칠천이백십이 명이 결의를 다지는 광경을 보게 되었다. 잠시 발길을 멈추고 그들이 하는 말을 듣던 노인들은 깊은 생각에 빠져들었다.

두 노인은 느린 걸음으로 흡연여성단체가 모여 있는 곳으로 다가왔다. 무언가 할 말이 있는 듯한 두 노인의 표정을 보고 흡연여성단체는 혹시 '여성흡연운동에 대한 결의문'을 듣고 항의를 하러 온다고 생각했다.

사실 노인들은 말할 것도 없고 젊은 사람들조차도, 심지어 같은 여자들마저도 여성흡연에 대해 색안경을 끼고 보는 게 현실이다. 그래서 흡연여성단체 핵심멤버인 일곱 명의 여자들은 난감한 표정을 지었다.

그런데 두 노인은 전혀 뜻밖의 말을 했다.

"지나가다 우연히 여러분이 하는 말을 다 들었습니다. 우리는 여러분의 주장에 찬성하고 지지합니다. 하지만 사회적 분위기나 문화가 여성흡연에 대해 부정적인 입장이지요. 담배연기도 남녀에 따라 차별하는 걸 보면 우리나라는 아직 문화후진국인 것 같습니다. 매우 한심하게 생각합니다."

노인 부부의 말에 모두들 깜짝 놀랐다. 아무도 예상치 못한 의외의 말이기 때문이다.

"어르신 같은 분들이 계시기에 저희가 정말 힘이 납니다. 그렇게 생각하시기 쉽지 않으실 텐데, 선각자의 철학을 가진 분들이시군요. 정말 존경합니다, 선생님."

"과찬의 말입니다. 사실 나도 보수주의자라 옛날엔 여자들이 담배피우는 것을 매우 안 좋게 생각했었지요. 집사람이 몰래 담배를 피우다가 나에게 걸려서 혼난 적도 한두 번이 아니었습니다. 그런데 나이 들고 보니 옛날에 그랬던 것이 후회가 되더군요. 별 것도 아닌 일을 엄청 중요한 일처럼 유난을 떨었다는 걸 깨달았습니다. 나보다 집사람이 세 살 연상인데 담배 가지고 잡도리 한 것이 무척 미안해지더군요. 집사람이 좋아하는 거, 하고 싶어 하는 거 그냥 맘대로 하게 두었더라면 좋았을 텐데…. 잘해준다는 게 내가 좋아하는 게 아니라 상대가 원하는 것을 해주는 걸 나이가 들어서야 깨달았지요. 인생이 뭐 있나요? 저 실개천에 흐르는 물처럼 그렇게 지나가 버리는 것을…. 그저 함께 있는 동안 간섭하지 않고 시비 걸지 않고 자유롭게 평화롭게 저 두루미들처럼 자유롭게 훨훨 날아다니는 것이 행복이지요. 나이 들어서야 깨우친 이 노인네의 개똥철학입니다. 하하하!"

할아버지의 이 말에 칠천이백십이 명의 흡연여성단체 회원들은 감동에 찬 박수를 치며 감탄의 말을 쏟아냈다.

"대한민국처럼 꽉 막힌 나라에 이렇게 훌륭한 철학을 가지신 어르신이 계시다는 게 너무나도 감사하고 감격스럽습니다. 어르신의 말씀은 저희에겐 정말 천금 같은 힘이고 위안입니다. 어르신의 응원으로 저희는 지금 다시 새롭게 태어난 것 같습니다. 앞으로 이 세상의 모든 여성흡연자들의 권익신장과 부당한 차별을 해소하기 위해 더 열심히 투쟁하겠습니다."

처음으로 노인들로부터 따뜻한 응원의 말을 듣자 일곱 명의 여자들은 세상을 떠난 두 여학생이 생각났다. 두 사람을 잃었던 그날이 떠오르니 눈물이 복받쳐 올랐다. 제자를 잃은 이호수와 최은지는 그때의 슬픔이 다시 떠올라 이름을 부르며 울부짖었다.

"애들아, 그런 놈들한테 시달렸다고 그렇게 떠나버리면 어떡하니. 흑흑흑!"

"우리가 너희들을 구해줄 수 있었는데 그때를 기다렸어야지! 그렇게 가버리면 우린 분해서 어떻게 살라고…. 제발 다시 돌아와라, 얘들아! 흑흑흑!"

많은 사람들의 슬픈 울부짖음에 노인 부부도 눈시울이 뜨거워졌다.

"그 학생들의 얘기를 들으니 저희도 무척 마음이 아픕니다. 그들의 목숨을 앗아가고, 여성들의 흡연의 자유를 방해하는 세력들을 응징하는데 저희도 적극 협력하겠습니다."

노인은 눈물 고인 눈으로 사람들을 바라보며 주먹을 불끈 쥐고 말했다. 노인의 결의에 찬 선언에 칠천이백십이 명의 회원들은 어르신들의 깊은 뜻에 뜨거운 박수로 화답했다.

"어르신, 너무너무 고맙고 감사합니다. 두 분이야말로 저희의 최고 응원군입니다."

이날 밤, 두 노인도 흡연여성단체에 정식으로 가입했다. 수장인 선동희는 오늘부터 한 달간 여성흡연개혁연합은 휴식기에 들어간다고 선언했다. 오늘 새로 모인 칠천 명의 새 회원들이 허탈해 하자, 선동희는 "한 달 후, 다시 집결하여 깨끗이 마무리 지읍시다."라며 모임을 정리했다.

조금 전에 동지가 된 두 노인을 포함해 칠천이백십사 명은 한 달 후 하갈동 푸른동산에서 집결해서 거사를 도모하기로 합의했다.

"더 확실하고 강력한 압승을 위해 한 달 후, 4월 8일 저녁 6시에 이 장소에서 집결하기로 합시다. 오늘 모여 주셔서 감사합니다. 그리고 저희의 개혁운동을 지지해주시고 함께 싸워주시기로 한 어르신들께 다시 한 번 감사의 말씀을 올립니다. 그럼 한 달 후에 다시 만납시다!”

“흡연여성개혁연합의 승리를 위하여, 위하여, 위하여!”

이렇게 흡연여성개혁연합은 한 달 후를 기약하며 해산했다.

한편, 같은 시간에 흡연여성타도협회는 어제의 대승을 축하하기 위해 상하동 둑방에서 술파티를 벌였다. 백사십오 명의 회원들과 승리의 주역인 개와 고양이 이백 마리대군까지 승리의 기쁨에 취했다. 이렇게 양측은 전혀 다른 주말 밤을 보내고 있었다.

흡연여성타도협회는 바로 다음날부터 자신들의 쉼터인 구갈 공원 벤치에서 모였다. 자신들의 안락한 흡연공간을 되찾았다는 기쁨에 흐뭇한 미소를 지으며 담배를 피워댔다. 그래도 경계의 끈을 놓지 않고 상하동 둑방으로 회원 몇 사람을 파견했다. 그 여성흡연세력 중 한 사람이라도 나타날지 모르기 때문이다. 그렇지만 어디에도 코빼기조차 보이지 않았다. 자신들의 확실한 승리가 확인되자 우렁차게 함성을 지르며 기뻐했다.

“오늘부턴 구갈공원 벤치와 상하동 둑방은 완전히 우리 아지트가 되었다! 너무너무 기쁘고 경사스런 날이야! 이제 이 두 곳은 진짜 우리들만의 쉼터이고 흡연공간이야. 여자들이 담배 꼬나물고 뻑뻑 거리는 꼴을 안 봐도 되니 십 년 묵은 체증이 쑤욱~

내려가는 것 같네. 푸하하하!"

"맞아, 맞아! 그래서 그런지 오늘따라 담배 맛이 더 좋네."

3월 9일 월요일부터 구갈공원 그 벤치와 상하동 둑방은 흡연여성타도협회 백사십오 명의 손아귀에 들어갔다. 그들이 두 곳을 점령하고 느긋한 시간을 보내고 있을 때 흡연여성단체는 몸을 낮추고 내공의 힘을 기르고 있었다. 바로 이것이 흡연여성타도협회의 실수였다.

오랜 시간 동안 여성흡연자들이 어디에도 나타나지 않자, 일곱 명의 남자들은 백사십오 명의 흡연여성타도협회를 해체시켜 버렸다. 그리고 개와 고양이로 구성된 이백 마리 동물대군도 다 주인들에게 돌려보냈다.

"오늘부로 우리 역할은 모두 다 끝난 것 같습니다. 오늘이 3월 마지막 날인데 여성흡연자들이 어디에도 보이지 않는 걸 보면 그 여자들도 진심으로 반성하고 현실을 깨달은 것 같습니다. 여자는 길거리에서 담배피우면 안 된다는 걸 말이에요. 하하하!"

"그럼 저흰 이제 돌아가면 됩니까?"

"네, 그간 이 무식한 여자들과 맞서 싸우느라 고생 많으셨습니다. 이젠 집에 가서서 편히 쉬십시오."

"네, 그러겠습니다. 저희 아줌마들도 사회의 정의구현을 위해 나름의 역할을 했다는 것에 가슴 뿌듯해요. 호호호!"

3월 마지막 날, 육십팔 명의 아줌마부대와 육십팔 명의 남편부대로 구성된 흡연여성타도협회 공식적인 해체 수순을 밟았다. 이제 마지막으로 남은 사람은 일곱 명의 남자들이었다. 결국 돌고 돌아, 올 1월 초순의 상황으로 돌아갔다.

제11부 · 마지막 전투

4월의 첫날이 되었다. 그동안 잠잠했던 흡연여성단체도 서서히 움직이기 시작했다. 복수전을 벌이기에 앞서 적의 동태를 살피기 위해 며칠에 걸쳐 구갈공원 그 벤치와 상하동 둑방을 염탐했다. 상하동 그 둑방엔 아무도 보이지 않고, 구갈공원 벤치에는 일곱 명의 남자들만 남아 있었다.

흡연여성단체는 쾌재를 불렀다. 자신들의 전술대로 되고 있기 때문이었다. 자신들이 나타나지 않으면 흡연여성협회가 와해된 줄 알고 그들이 경계태세를 풀 거라 예상했는데, 그대로 되고 있었다. 지금 '툭' 치기만 해도 '퍽' 쓰러질 수준이었다. 일곱 명의 남자들만 남아있다면 저들을 급습하는 데 많은 회원들이 필요하지 않을 것이다. 차라리 잘된 일이었다. 저들이 아직도 동물들까지 합세된 거대 조직을 유지하고 있다면 아군의 피해도 그만큼 클 것이기 때문이다.

이제 저 일곱 명의 남자만 남아있는 구갈공원 그 벤치를 공격할 시기만 남았다. 완전 초읽기에 들어간 것이었다. 지난달 3월 8일 저녁에 하갈동 푸른동산에서 전체회의를 할 때 모였던 칠천 명의 학우들과 두 어르신께 4월 8일에 다시 모이자고 약속했다. 그런데 지금 이 상황에선 칠천 명의 학우와 노인들까지는 참전하지 않아도 될 것 같았다.

그래서 선동희는 이호수와 최은지에게 칠천 명의 학우들에게 '이번 전투엔 참전하지 않아도 된다.'는 메시지를 전하라고 말했다. 그래서 칠천 명의 학우들은 이번 전투에 참전하지 않기로 했다.

선동희는 두 노인께 전화를 드려 상황설명을 하고 이번 전투엔 참가하지 않으셔도 된다고 말했다. 그런데 두 노인은 강력한 참여의사를 밝혔다. 그래서 4월 8일 저녁 6시, 하갈동 푸른동산엔 이백십이 명과 두 노인이 모였다. 수장인 선동희가 앞에 나서서 말했다.

"최근 우리 회원들이 그 놈들 동태를 살펴본 결과, 그들은 우리가 완전히 와해된 줄 알고 뿔뿔이 다 해체되어 버렸습니다. 현재 남은 건, 그 일곱 명의 남자밖에 없습니다. 그래서 칠천 명의 학우들은 이번 전투에 참전하지 않아도 된다고 말했습니다. 정예부대 이백십이 명의 전사들만으로 충분하기 때문입니다. 이제 구갈공원 그 벤치로 쳐들어가는 일만 남았습니다. 이번 전투를 끝으로 다시는 그 놈들이 여성흡연에 대해 간섭하고 시비 걸지 못하도록 끝장을 볼 것입니다."

두 노인이 말했다.

"어떤 놈들인지 모르지만 참으로 한심한 사람들이군요. 이 세상에 태어나 하루하루 살아가는 것도 고달프고 피곤한데 왜 쓸데없이 그런 일에 대해 간섭하고 시비나 걸고 다니는지…. 어쨌든 우리도 그곳으로 가서 이 지팡이로 그 놈들 혼쭐을 내버리겠습니다. 그런 놈들은 얻어맞아봐야 철이 들게 되어있지요."

"맞습니다. 어르신들이 꼭 혼내주세요."

두 노인은 결의에 찬 얼굴로 주먹을 불끈 쥐고 선봉에 섰다.

"그 불한당 같은 놈들을 박멸합시다. 박멸하자! 박멸하자!"

"박멸하자! 박멸하자! 박멸하자!"

흡연여성단체 이백십이 명의 전사들과 두 노인은 구호를 외치며 구갈공원 그 벤치로 달려갔다. 7시가 조금 안 되는 시간에 결전의 장소에 도착했다.

그곳에는 일곱 명의 남자들이 즐거운 표정으로 술을 마시고 있었다. 4월이라 야외에서 술 마시기엔 좋은 날씨였다. 이백십이명의 전사들은 벤치 주변을 둘러쌌다. 일단 일곱 명의 여자들과 삼십 명의 전사들만 그들 가까이로 접근했다. 그런데 두 노인이 일곱 명의 여자들에게 말했다.

"이봐요. 우리가 맨 앞줄에 서겠소."

"어르신께서 그냥 안전하게 뒤편에 계시지요. 혹시 저들의 돌발적으로 공격해 올 수 있으니까요."

"그런 건 두렵지 않소. 우리가 앞장서서 이 지팡이로 저 놈들을 혼내 주겠소."

어르신들은 여자들의 만류에도 아랑곳하지 않고 삼십구 명의 돌격대 선봉에 섰다. 이들이 벤치 가까이 다가올 때까지 일곱 명의 남자들은 조금도 눈치 채지 못하고 홀짝홀짝 술을 마셨다. 벌써 꽤 취했는지 얼굴들이 불그스름했다. 삼십구 명의 돌격대가 코앞에 와서야 그들은 위급상황이라는 걸 깨닫고 깜짝 놀랐다. 놀란 눈으로 벤치 주변을 둘러보니 이미 여성흡연세력이 에워싸고 있었다.

"아! 우리가 방심했다. 이렇게 또 몰려오다니…."

일곱 명의 남자들은 무방비로 방심하던 차에 완전히 허를 찔려버린 것이다. 그러다 두 노인과 일곱 명의 남자들의 눈이 마주치자 서로 깜짝 놀랐다. 저번 달 1일에 전철에서 우연히 마주친 기억이 났기 때문이다. 그때도 서로 간에 좋은 만남이 아니었는데, 이곳에서 적으로 다시 만나게 되다니…. 기이한 악연이라고 할 수 있겠다. 그들은 무척 당황해했다. "이 분들은 그때…? 어떻게 이런 일이…."

두 노인도 놀라기는 했지만 곧 그들을 매섭게 노려보며 호통을 쳤다.

"흡연여성을 못 살게 굴고 시비 거는 놈들이 바로 네 놈들이었
구나! 세상은 넓지만 좁기도 하다더니 여기서 또 네놈들과 부딪
치는구나."

일곱 명의 남자들은 부모 뻘 되는 노인들을 상대하는 게 몹시
난감했다.

"할아버지, 우리나라는 동방예의지국이라 여자들은 담배를 피
우면 안 되는 거잖아요?"

"뭐? 동방예의지국 같은 소리 하고 있네, 그럼 니들이 길거리
에서 담배연기 날리고 다니는 건 예의지국 같은 행동이냐? 이놈
들아. 담배하고 예의하고 뭔 상관이야? 젊은 놈들이 나같은 노
인들 면전에서 담배연기 내뿜는 건 괜찮냐?"

"……."

노인들과 말다툼을 해봤자 자신들만 불리할 뿐이었다. 이럴
땐 도망치는 게 최선이다.

"야, 빨리 도망치자! 여기에 있다간 좋은 소리 못 들어. 빨리빨
리!"

"이놈들아 어딜 도망치는 거야! 흡연문제에 대해 결론은 내고
가야지! 거기 서, 서란 말이야!"

그들이 황급히 달아나자, 두 노인은 가지고 있던 지팡이를 들
고 뒤쫓아 가며 호통을 쳤다. 두 노인의 뒤를 따라 흡연여성단체

삼십칠 명의 전사들도 달렸다. 어차피 그 벤치 주변을 백칠십오 명의 전사들이 포위한 상태라서 그들은 빠져나갈 수 없을 것이다. 정신없이 도망치는 일곱 명의 남자를 향해 할아버지가 "거기 서!"라고 소리치며 오른 손에 쥐고 있던 지팡이로 혁수의 뒤통수를 세게 후려쳤다.

혁수가 뒤통수를 감싸며 그 자리에 주저앉자 여섯 명의 남자들도 발걸음을 멈췄다.

"할아버지, 우리는 단지 여자들이 담배를 피우면 남자들에 비해 몸에 더 안 좋기 때문에 그랬던 거예요. 여자들은 결혼해서 아이를 낳을 거잖아요. 우리가 그 여자들에게 간섭한 건 2세들이 걱정되서 그랬던 거라고요."

"야, 이 자식들아! 니들이 언제부터 여자들 출산문제를 그렇게 걱정해줬어? 말하는 짓거리를 보니 정치꾼들하고 아주 똑같네! 그 새끼들이 자꾸 쇼하니까, 이젠 이놈들까지 따라서 쇼를 하네. 어디서 여자들 출산과 건강 때문에 그런 짓을 했다고 거짓말을 하고 있어!"

할아버지는 역정을 내며 남자들을 향해 지팡이를 마구 휘둘렀다. 지팡이가 허공을 가를 때마다 일곱 명의 남자들 대가리가 터져나갔다. 남자들은 피가 줄줄 흐르는 머리를 감싸 쥐고 바닥에 쓰러졌다.

"아이고, 머리야! 머리가 깨진 것 같아! 으으으."

"아프긴 뭐가 아파! 엄살 부리지 마, 이 자식들아! 니들이 뭘 잘못했는지를 깊이 뉘우치고 반성하란 말이야! 니들만 담배를 피우라고 입이 달린 줄 알아? 여자들도 담배피울 자유가 있어"

뒤따라온 할머니도 남편을 따라 그들을 향해 지팡이를 막 휘둘렀다.

"이 나쁜 놈들, 니들이 뭔데 여자들이 담배피우는 것 가지고 이래라저래라야! 니들이 저 여자들한테 한 소리를 듣고 나도 기분이 나쁘고 불쾌했다. 지금이 어떤 세상인데 담배가지고 남녀 차별이야! 이 썩을 놈들."

밤 8시를 향해 가는 시간에 백칠십오 명에게 둘러싸인 채 일곱 명의 남자들은 두 노인의 정의의 지팡이에 흠씬 두들겨 맞았다. 구갈공원 그 벤치가 안락한 쉼터가 아니라 혹독한 고문의 장소로 변해버렸다. 대장인 선동희가 말했다.

"우리가 한동안 보이지 않으니 이 벤치를 포기한 줄 알았지? 어림없다. 그동안 우리는 너희들에게 복수하기 위해 칼을 갈고 또 갈았다. 절대로 너희들을 용서할 수 없기 때문이다. 너희들, 무릎 꿇어!"

옆에 있던 여섯 명의 여자들도 한마디씩 거들었다.

"니들이 아무리 못살게 굴어도 우린 절대로 굴복하지 않아! 우리는 너희들의 그 그릇된 생각을 송두리째 뽑아버릴 거야!"

"이 시발 것들아, 빨리 무릎 꿇어!"

일곱 여자의 욕설과 발길질에 일곱 명의 남자들은 어기적거리며 무릎을 꿇었다. 여성흡연개혁연합의 대장인 동희가 흡연여성타도협회의 대장인 동찬에게 명령했다.

"너 지금 당장 너희들 회원들에게 카톡 날려. 계속 이 벤치에 왔는데도 우리가 나타나지 않아서 모임을 해체할 테니까 앞으론 생업에만 전념하라고. 뭔 소린지 알겠지?"

"알겠습니다. 지금 바로 회원들에게 말씀하신 대로 카톡을 날리겠습니다."

"그리고 다신 이 벤치나 상하동 둑방에 나타나서 시비 걸지 마. 한 번만 더 그러면 칠천 명의 전사들이 니들을 부숴버리러 달려올 테니까. 알았지?"

일곱 명의 남자들은 칠천 명의 전사라는 말에 충격을 받았다. 포위된 상황에다 그런 말까지 들으니 겁이 난 동찬은 동희가 시키는 대로 흡연여성타도협회 카톡방에 메시지를 올렸다. 동찬이 메시지를 쓰는 동안 일곱 명의 여자들은 그들을 바라보며 담배를 피웠다. 하얀 담배연기가 기분 좋게 공중으로 퍼졌다.

이로써 끝나지 않을 것 같던 흡연전쟁은 여성흡연개혁연합의 승리로 끝났다. 물론 이 상황에서도 일곱 명의 남자들이 속으론 복수전을 꿈꾸고 있을지는 모르겠지만. 밤 9시가 넘어가자 흡연여성단체는 일곱 명의 남자들을 풀어주었다.

"그만 돌아가도록! 그리고 아까 했던 말을 꼭 명심해. 우리의 뒤엔 칠천 명의 전사가 있다는 것을."

일곱 명의 남자들은 풀려나면서 흡연여성단체에게 패배한 것보다 자신들의 쉼터인 벤치에서 쫓겨나는 게 너무도 서러워 눈물을 줄줄 흘렸다. 그들이 쫓겨나는 모습을 바라보며 노부부는 한심하다는 듯 혀를 끌끌 찼다.

"쯧쯧쯧, 한심한 놈들."

4월 8일 밤, 최악의 아픔을 맛본 일곱 명의 남자들은 완전히 기가 꺾여 정신적으로나 육체적으로나 회복불능 상태가 되었다. 특히 그 여자들 뒤에 칠천 명이 버티고 있다는 사실에 두려운 마음마저 들었다. 집에 돌아간 그들은 노부부에게 맞은 부위가 아파서 끙끙 거리며 자리에 누워 잠을 청했다. 몸과 마음이 아프니 잠자리도 편치 않았다.

밤새도록 악몽에 시달린 동찬은 날이 밝자 자신의 일터인 인테리어 대리점으로 향했다. 그는 흡연여성들과의 싸움에 패하자 구갈동에서 상하동으로 이사를 했다. 그런데 이제 또 이사를 해야 할 처지에 놓였다. 일곱 명의 남자들은 서로 전화통화를 했다. 그리고 대장인 전동찬과 부대장인 함혁수는 상갈동으로 이사를 하기로 결정했다. 나머지 다섯 명은 수원에 살고 있으니 별다른 변화가 없었다. 하지만 동찬과 혁수에겐 새로운 에너지를 받을 수 있는 보금자리가 필요했다. 그래서 빠른 시간 내에 상하동에서 상갈동으로 이사를 했다.

이사를 한 뒤 동찬과 혁수는 묵묵히 일에만 열중했다. 마음 같아서는 다시 복수전을 벌이고 싶지만 흩어진 회원들을 다시 끌어 모으는 게 쉬운 일이 아니었다.

그렇게 조용한 시간을 보내던 동찬과 혁수는 주말을 맞아 상갈동의 조용한 실개천으로 바람을 쐬러나갔다. 그러다 문득 다섯 명의 남자들이 생각났다. 혁수가 다섯 명의 남자들에게 술 한 잔 하자며 전화를 걸었다. 전화를 받자마자 다섯 명의 남자들이 번개같이 상갈동 실개천으로 달려왔다. 오랜만에 일곱 명의 남자들이 다시 뭉쳤다. 그들은 실개천 주변의 바위 위에서 오붓한 술 파티를 벌였다.

그때 쯤 일곱 명의 여자들은 구갈동 공원에서부터 산책로를 따라 상갈동으로 걸어오고 있었다. 그녀들이 상갈동에 온 이유는 오늘이 노부부의 53주년 결혼기념일이라 잔치에 초대를 받았기 때문이다. 그래서 노부부가 일곱 명의 여자들을 마중하기 위해 상갈동 산책로를 걸어오고 있었다.

그러다 바위 위에서 술을 마시고 있던 일곱 명의 남자들과 노부부가 맞닥뜨렸다. 의외의 장소에서 우연히 마주치자 양쪽 다 깜짝 놀라며 당황스러워했다. 그때 일곱 명의 여자들이 노부부에게 반갑게 다가왔다. 그리고 일곱 명의 남자들을 보게 되었다. 술에 취해서인지, 그때 당한 일이 떠올라 분해서 그런지 남자들은 또 시비를 걸기 시작했다.

"참나, 여기서 또 만나다니…! 정말 악연이다, 악연! 담배 못 피워서 환장한 년들아, 니들이 우릴 쫓아냈다고 우리가 진짜 포기할 줄 알지? 웃기지 마라. 어떻게든 구갈공원 벤치와 상하동 둑방을 되찾고야 말 테니까. 언젠가 네년들 깨끗이 소탕해 버릴 테니 그때까지 기다려라!"

악에 바쳐 독설을 퍼붓는 일곱 명의 남자들이 무척 괘씸한 듯 할머니는 화난 얼굴로 말했다.

"이 못된 놈들아, 그렇게 얻어맞고도 지랄이냐! 그만큼 말했으면 소도 알아듣겠다, 철딱서니 없는 놈들아! 담배 못 피워 환장한 년들이라고? 그럼 네 놈들도 담배 못 피워 환장한 놈들이냐!"

옆에 있던 할아버지도 한마디 거들었다.

"이보게, 사실 나도 젊었을 땐, 당신들처럼 생각한 적이 있었다. 여자는 담배를 피워선 안 된다고…. 그래서 집사람도 나 몰래 담배피우다가 나한테 걸려서 혼난 적도 있었지. 그런데 나이먹고 보니 그런 것들이 다 별거 아니란 걸 깨닫게 되었네. 여자가 담배피우는 게 뭐 그리 대단한 일인가. 남자도 피우는 걸 여자는 왜 피우면 안 돼. 당신들 일에나 신경 쓰게. 여자들이 담배 피우는 것 가지고 왈가왈부하며 간섭하고 시비 걸지 말고. 만약이 문제 가지고 또 시비를 걸면 내가 정말로 가만두지 않을 걸세."

할아버지가 점잖게 타일렀지만 술에 취해 이성을 잃은 일곱 명의 남자들은 계속해서 발악을 떨었다.

"어르신은 왜 저 여자들 편만 드십니까? 같은 남자면서 말이에요. 우리가 저 여자들이 구갈공원에서 담배피우는 것에 경고했던 이유는 간섭이나 시비가 아니라고요. 원래 공공장소나 공원 같은 데서 담배를 피우면 국민건강증진법이나 간접흡연피해방지조례에 의해 5만원의 과태료를 물게 됩니다. 엄연히 법 위반이라고요. 성숙된 시민이라면 법과 원칙을 지켜야지요. 그래서 우리가 저 여자들에게 훈계를 한 겁니다. 법을 지키라고요."

남자들의 억지에 할아버지는 어이없다는 표정으로 고함을 질렀다.

"이런 미친놈들이 있나! 니들이 그 법 때문에 이 여자들에게 훈계를 한 거라고? 그럼 니들은 왜 그 법을 안 지키는데? 니들이 공원에서 담배피우는 건 법 위반이 아니냐? 이 철면피 같은 놈들아, 니들이 법 가지고 떠드는 건 여자들이 담배피우는 게 보기 싫고, 그 공원을 독차지하고 싶어서 생떼부리는 거밖에 안 돼! 이 날강도 같은 놈들, 어디서 씨알도 안 먹히는 궤변을 늘어놓고 지랄들이야! 당장 꺼져버려! 이 지팡이로 또 두들겨 맞기 전에!"

두 노인의 경고에 당황한 일곱 명의 남자들은 더 이상 대꾸할 엄두를 못 내고 슬금슬금 도망쳐버렸다. 다행히 큰 충돌 없이 끝난 것에 모두들 기뻐했다. 그리고 일곱 명의 여자들은 함께 노부부의 집으로 가서 53주년 결혼기념일 잔치를 벌였다.

어제 상갈동 실개천에서 두 노인에게 혼이 난 일곱 명의 남자들은 큰형인 동찬의 집에서 함께 잤다. 정오가 다 되어 일어난 그들은 밖에서 점심을 먹기로 했다. 모두 해장국으로 점심식사를 하고 어제 저녁에 술을 마시던 실개천 주변 바위로 갔다. 그들은 바위에 걸터앉아 식후 담배를 한 대씩 피웠다.

그때 기흥호수공원으로 가던 일곱 명의 여자들이 그들이 모여 있는 것을 우연히 보게 되었다. 여자들은 그들과 부딪치면 또 싸움이 날 것 같아 다른 곳으로 돌아가기로 했다. 그런데 그 모습을 일곱 명의 남자들이 목격하고 말았다.

그들은 호랑이가 먹잇감인 노루를 쫓듯 쏜살같이 쫓아왔다. 여자들 일곱 명밖에 없기에 복수의 기회라고 생각한 모양이었다. 일곱 명의 여자들은 정신없이 도망쳤다. 지금 저들은 술에 취한 상태도 아니고, 7대 7로 붙으면 육체적으로 약자인 여자들이 불리하기 때문이었다. 발 빠르게 도망친 덕분에 여자들은 남자들을 따돌리는 데 성공했다.

안전한 장소에 도착한 일곱 명의 여자들은 저 깡패 같은 놈들을 처단할 묘책을 짜냈다. 저번 달 5일, 상하동 둑방에서 혈전을 치를 때 동원했던 사나운 개들을 지금 일곱 명의 남자들이 있는 곳에 투입시키는 것이다. 워낙 다급한 상황이라 그녀들은 연락

이 닿는 1중대 여학생들에게 개들을 데리고 빨리 상갈동 산책로 쪽으로 오라는 지시를 내렸다. 지시를 받은 여학생들은 개들을 급히 상갈동 산책로로 달려갔다. 오후 2시쯤 되어 여학생 삼십 명과 개 삼십 마리가 산책로로 모여들었다. 이런 공격이 있을 줄은 꿈에도 모르는 일곱 명의 남자들은 여자들을 놓치고 원래 있던 곳으로 돌아가 담배를 피우고 있었다. 그것을 보고 선동희는 삼십 마리의 개들에게 전투명령을 내렸다.

"저쪽에 있는 일곱 명의 남자들이 보이지? 가서 인정사정 봐주지 말고 물어뜯어버려. 살점이 뜯어져나갈 때까지 확 물어뜯어버려. 자, 공격개시!"

동희가 공격명령을 내리자마자 삼십 마리의 개들이 일곱 명의 남자들을 향해 달리기 시작했다. 매를 쫓는 사냥개처럼 덩치가 크고 사나운 개들이 목표물을 향해 무섭게 달려갔다. 그것을 보고 일곱 명의 남자들은 깜짝 놀랐다.

"저, 저 개들이 왜 우리 쪽으로 달려오지?"

"어, 진짜 우리 쪽으로 오는 것 같아. 빨리 피해!"

하지만 피할 사이도 없이 삼십 마리의 개가 일곱 명의 남자들을 덮쳐버렸다. 개들은 담배를 쥐고 있는 남자들의 손을 콱 물어버렸다. 손이고 다리고 가리지 않고 닥치는 대로 물고 뜯어버렸다.

으아악악악악악!

상갈동 산책로에 일곱 남자의 처절한 비명소리가 울려 퍼졌다. 삼십 마리의 개들이 일곱 남자의 손과 발, 팔과 다리, 머리와 몸통을 미친 듯이 물어뜯었다. 개들에게 물어뜯긴 부위에서 피가 쏟아져 내렸다. 일곱 명의 남자들은 고통에 찬 비명을 지르며 몸부림쳤다. 그들은 말 그대로 초죽음이 되었다. 선동희가 공격 중지 명령을 내리자 임무를 완수한 삼십 마리의 개들은 신갈저수지 쪽으로 달려가 버렸다. 그리고 일곱 명의 여자들과 여학생들도 그 자리를 떴다.

일곱 명의 남자들은 피를 흘리며 바닥에 널브러져 있었다. 119에 신고라도 하고 싶지만 손이 아파서 핸드폰을 들 수도 없었다. 너무 아파서 비명조차 못 지르고 고통에 찬 신음소리만 간신히 냈다. 다행히 그 길을 지나가던 한 아줌마가 그 광경을 보고 119에 신고를 했다. 5분도 안되어 도착한 119차가 그들을 싣고 인근에 있는 샛별종합병원으로 갔다. 응급진료를 받은 후 검사를 받은 결과 모두 2년 정도의 입원치료를 요하는 장애 진단을 받았다.

일곱 명의 남자들은 병원 침대에 누워 분노의 눈물을 흘렸다. 그 개들의 공격은 우발적인 것이 아니라 그 여자들의 명령을 받은 게 분명했다. 하지만 심증만 있을 뿐 아무런 증거가 없었다. 그게 더 분했다. 일곱 남자의 사고 소식을 들은 흡연여성타도협회 회원들이 샛별종합병원으로 줄줄이 문병을 왔다.

그날부터 일곱 명의 남자들은 무려 2년 동안 병원 생활을 해야 했다. 손과 팔을 쓰지 못해 생활에 불편함이 컸고, 심각한 다리 부상으로 휠체어 신세를 져야 했다. 모든 것이 다 불편하고 고통스러웠다. 무엇보다 그들을 고통스럽게 하는 건 밤마다 꾸는 악몽이었다. 자신들을 공격한 사나운 개들이 떼 지어 나타나 이빨을 드러내고 큰소리로 짖어댔다. 그 소리가 마치 이렇게 들렸다.

"이놈들아, 여자들이 길거리에서 담배피우는 것 가지고 간섭하지 마라! 이 자식들아, 여자들이 길거리서 담배피우는 것 가지고 시비 걸지 마라! 여자들이 담배피울 권리를 인정하고 그냥 내버려둬라! 그녀들도 다 스트레스를 받으니까 담배를 피우는 것이다. 담배연기에 차별을 두지 말라! 니들은 지금 하늘의 천벌을 받고 있는 것이다. 지금이라도 삐뚤어진 썩은 생각을 고쳐먹고 개과천선해라."

이런 악몽이 매일매일 그들을 괴롭혔다. 하지만 이 일이 그들에게 부정적인 영향만 끼친 것은 아니었다. 힘든 상황을 겪으면서 그들은 인생에 대해 더 많이 생각하게 됐고, 여자들의 흡연문제에 간섭하고 시비를 거는 행동이 얼마나 잘못된 짓인지 깨달았다.

에필로그

  '담배연기에도 차별이 있다'라는 소재로 이야기를 쓰게 된 것은 내가 살아오면서 보고 느끼고, 경험한 것들을 담아내고 싶어서였다. 하지만 인생에 대한 이야기를 쓴다는 건 절대 쉬운 일이 아니다. 사람들마다 제각각 보고 느끼는 게 다르고, 판단의 기준이 다르기 때문이다.

  난 삶의 이야기라는 것을 이렇게 생각한다. 어떤 형식으로 얼마나 논리적으로 썼느냐가 중요한 게 아니라, 담고 있는 내용에 얼마나 진정성과 진심이 담겨 있느냐이다. 인간들이 살아가는 시간들에는 말해도 소용없는 영역, 말한 사람만 추해지는 그런 가슴 아픈 부분들이 있기 마련이다. 그런 사각지대를 부족하지만 나름 시원하게 표현해서 단 한 사람이라도 억눌린 상처와 고통이 덜어지고 삶의 활력소를 줄 수 있느냐, 이것이 관건이라고 판단한다.

나는 우리나라가 유난히 신분차별 여성차별 등, 차별이 심하다고 생각한다. 그래도 많이 나아졌다고 하는 이도 있고, 요즘은 여성상위 시대라고 말하는 이도 있다. 그럴 때마다 나는 무척 갑갑하고 답답하기 짝이 없다. 도대체 무엇이 여성상위인지 구체적으로 말하지도 못하면서 그저 그렇게 주장할 뿐이다.

이 나라에서 여성이 상위인 영역은 단 하나도 없다. 상위 시대라는 말은 그저 만들어낸 유행어에 지나지 않는다. 여성으로 태어난 것은 분명 죄가 아니다. 또한 여자가 담배를 피우는 게 죄가 아니다. 그런데 여자들은 마치 죄인인 양, 뒷골목이나 건물 뒤에 숨어서 담배를 피우고 있다. 안타깝다 못해 불쌍한 느낌마저 든다.

이 많은 여성흡연자들이 왜 그렇게 하는 것일까? 이유는 지나가는 사람들, 남성이든 여성이든 여자가 담배 피는 걸 보면 이상한 눈빛으로 쳐다보거나 비난의 말을 하기 때문이다. 그렇게 이 나라, 이 사회는 수많은 여성들을 죄인으로 만들어놓았다.

그래 놓고 '여성상위'라고 말로만 하고 있다. 이 글에선 여성흡연문제만 다루었다. 우리 사회의 수많은 차별들을 한 이야기에서 다 다룰 수는 없기 때문이다. 그렇다고 내가 무조건적으로 여성들만 위해야 된다는 건 절대 아니다. 나는 여성옹호주의자도, 여성편애주의자도 아니다. 사실 나는 특별히 여성들에게 관심이 없다. 물론 남성들에게도 관심이 없다. 남성들의 편도 아니고, 여성의 편도 아니다. 그리고 싶은 마음도 전혀 없다. 다 같은 독립된 고유의 인격체로 보일 뿐이다. 그저 이 세상 사는 동안 모두 다 평화와 행복이 깃들길 바라는 마음이다.

이 글의 깊은 뜻을 헤아릴 줄 아는 이들은 이 내용의 본질이 남성들을 무시해도 된다는 뜻이 아니라는 걸 잘 알 것이다. 또, 결코 그래선 안 된다. 나의 사상과 가치관은 남성과 여성이 평등해야 한다는 것이다.

수많은 인간들이 저마다 가지고 있는 아집과 독선을 광활한 넓은 벌판에 다 내던져버리고 싶다. 그러면 정말 아름답고 선한 배려와 사랑과, 진정한 의미의 평등과 진심을 담은 평화가 이 땅에 정착될 수 있을 것 같다. 그래서 억눌린 여성흡연자들의 가슴에 든 멍들이 깨끗이 씻겨나갈 수 있기를 진심으로 기원한다.

2018년 8월 1일 화요일